P9-CCK-083

Training Camp.
El libro de Peño

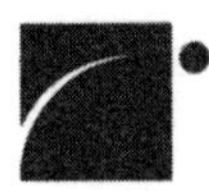

SERIE WIZENARD

TRAINING CAMP

El libro de Peño

CREADO POR

Kobe Bryant

ESCRITO POR

Wesley King

Traducción de Mónica Rubio

Rocaeditorial

Título original: *The Wizenard Series. Training Camp*

Creado por Kobe Bryant. Escrito por Wesley King.
Publicado en acuerdo con Granity Studios, LLC
a través de Sandra Bruna Agencia Literaria.

Primera edición: noviembre de 2019

Av. Marquès de l'Argentera, 17, pral.
08003 Barcelona
actualidad@rocaeditorial.com
www.rocalibros.com

Impreso por Liberdúplex
Sant Llorenç d'Hortons (Barcelona)

ISBN: 978-84-17805-68-5
Depósito legal: B 22230-2019
Código IBIC: YFC; WSJM

RE05685

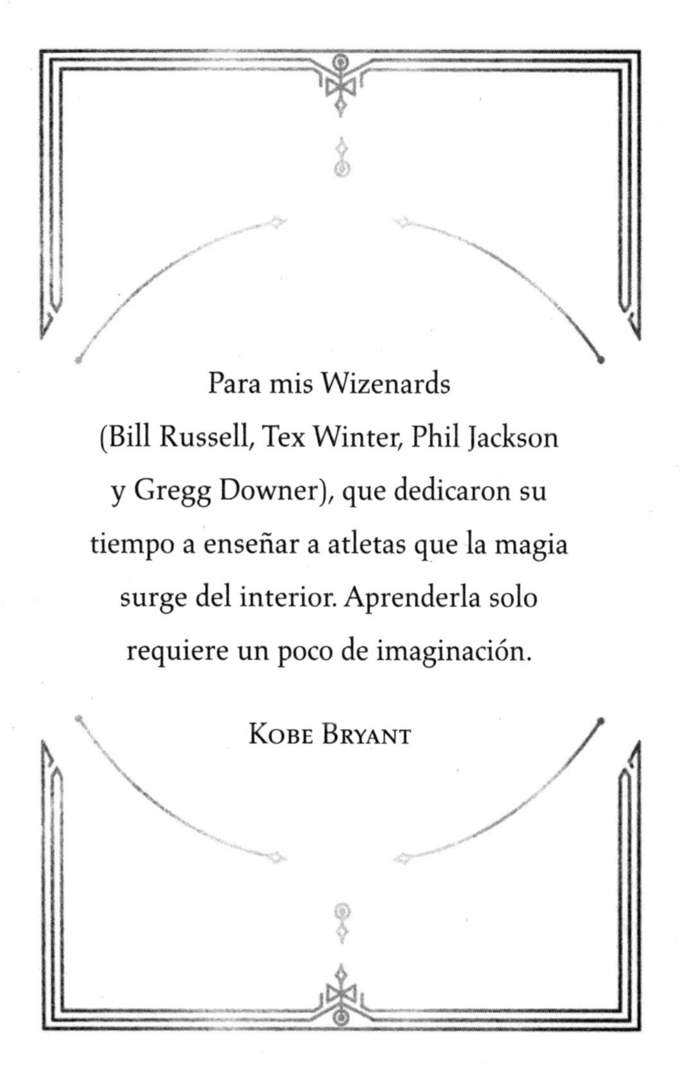

Para mis Wizenards
(Bill Russell, Tex Winter, Phil Jackson
y Gregg Downer), que dedicaron su
tiempo a enseñar a atletas que la magia
surge del interior. Aprenderla solo
requiere un poco de imaginación.

Kobe Bryant

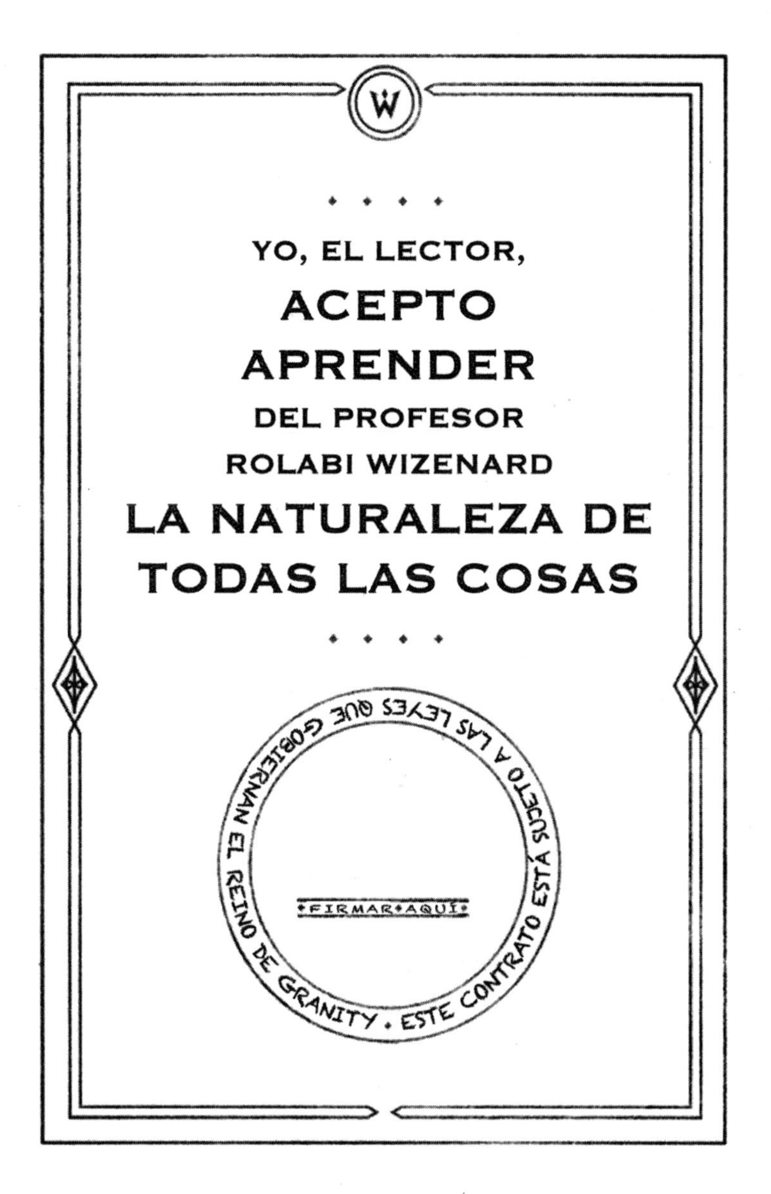
YO, EL LECTOR,
ACEPTO
APRENDER
DEL PROFESOR
ROLABI WIZENARD
LA NATURALEZA DE
TODAS LAS COSAS
ESTE CONTRATO ESTÁ SUJETO A LAS LEYES QUE GOBIERNAN EL REINO DE GRANITY
FIRMAR AQUÍ

1 TODOS MENOS UNO

Un verdadero líder se mantiene oculto
y empuja a su equipo hacia arriba.

PROVERBIO 8 WIZENARD

Peño abrió las puertas y se detuvo un momento, con los brazos extendidos, los ojos cerrados y una sonrisa bailándole en el rostro. Respiró hondo, aspirando los aromas mezclados de cedro y sudor, frescos y punzantes.

Estaba en casa.

Fairwood estaba viejo, sin duda. Incluso decrépito. Pero también era su lugar favorito del mundo. Que estuviera viejo no importaba. Lo importante era que fuese «el mismo». Las mismas canastas destrozadas, la misma pintura mate sobre los bloques de cemento, el mismo parqué chirriante. Fuera solo había niveles de decrepitud. Las cosas «empeoraban», los edificios se desmoronaban, se abandonaban coches como si fueran lápidas oxidadas. Hasta la gente se desteñía.

El padre de Rain se había marchado, John el Grande había perdido al suyo y a un hermano mayor. La madre de Peño… Eso había sido hacía tres años. Tres años. Parecía que hubiera sido la semana pasada, o quizás hacía un mes. ¿Cómo había podido pasar tanto tiempo? ¿Cómo podía no haber oído su voz desde hacía tres años?

—Es muy temprano —gimió Lab, arrastrándose detrás de Peño, frotándose los ojos.

Lab era un año más joven que Peño, pero ya medía siete centímetros más: algo que Lab mencionaba convenientemente en el noventa y cinco por ciento de sus conversaciones. Lab era delgado; Peño, robusto. Lab tenía el pelo revuelto, mientras que Peño mantenía un meticuloso peinado con un par de antiguas horquillas que había encontrado en un contenedor de basura. No era fácil. Su único parecido estaba en los ojos: redondos y de un cálido color marrón, como almendras tostadas, había dicho alguien alguna vez. Pero ahora nadie hablaba de ellos. Eran los ojos de su madre, y eso traía recuerdos.

—Es hora de jugar al baloncesto —dijo Peño—. Nunca es demasiado pronto.

Se dirigió al banquillo, ajustándose al hombro la correa de su bolsa de deporte y lanzándole una sonrisa a Reggie. Allí no le hacía falta pensar en nada. Esa era la cuestión. Esa era la belleza del lugar.

—Discutible —repuso Lab.

—Va a ser un gran año, Lab. Las cosas van a cambiar.

—¿Quieres decir que vas a crecer?

—Cállate.

Peño chocó las manos con Reggie y luego se volvió hacia el otro banquillo, donde estaba Twig, sentado completamente solo.

—Twig —dijo Peño—. Qué pasa, tío.

—Hola, Peño —murmuró Twig, saludando torpemente con la mano—. O sea…, colega.

Peño hizo una mueca. Le gustaba Twig, pero ese larguirucho lo frustraba. Si él hubiera tenido su altura, hubiera sido una superestrella. Peño tenía que conformarse con ser el jugador más bajo del equipo: uno cincuenta y cinco con las zapatillas puestas. Odiaba ser bajito. Había otras cosas que le preocupaban, como su gran nariz, las pecas bajo los ojos y su barriga, siempre redondeada; pero lo hubiera aceptado a cambio de medir unos centímetros más. Lab lo había pillado varias veces colgado de una viga de la cocina con una pesada bolsa atada a los pies. Eso le producía dolor en los dedos, pero poco más.

Peño se sentó y sacó sus amadas zapatillas. Freddy les había pedido que se compraran zapatillas iguales hacía dos años, el primer año oficial de los West Bottom Badgers. No era ninguna tontería para las familias del Bottom, sobre todo en el desolado extremo oeste. La mayoría había rebuscado zapatillas en rastros o tiendas de segunda mano, pero el padre de Peño había ahorrado y había sorprendido a sus hijos con dos flamantes pares completamente nuevos. Peño casi se desmaya cuando había abierto la caja. Había dormido con ellas junto a la almohada durante los primeros meses. De hecho, aún guardaba las zapatillas junto a su cama y las limpiaba todas las noches con un cepillo de dientes viejo, incluso fuera de temporada. Eran su posesión más valiosa. La única cosa nueva que había tenido en su vida. Se las ató lentamente, con cuidado.

Mientras iban llegando los demás jugadores, Peño estiró y se fue soltando. Llevaban ya un mes sin ir por allí; habían acabado la última temporada en última posición, por segunda vez. Perdieron varios partidos para acabar el año: en el último, habían recibido un palizón a mano de sus rivales del otro lado de la ciudad, los East Bottom Bandits. Su base titular era el archienemigo de Peño: Lio Nester. Tenían una guerra personal cada vez que se enfrentaban: lenguaje agresivo, faltas duras y, de vez en cuando, peleas. A Peño no le gustaba admitirlo, pero Lio solía conseguir frente a él sus mejores anotaciones. También llamaba a Peño «Cacahuetito», algo que no mejoraba las cosas. Sintió cómo le ardían las mejillas al recordarlo.

—Peño, has vuelto a dejar de parpadear —dijo Lab.

—Estoy bien.

—Vale..., Cacahuete.

Peño lanzó una mirada asesina a su hermano y cogió su balón. Los Badgers solo tenían una pelota del equipo, pero Peño había encontrado una en una venta de objetos de segunda mano y la había limpiado. Estaba gastada y abollada como un neumático viejo, pero servía. Resonaba con un eco cuando la botaba; el sonido se propagaba por todo el parqué.

«Este es mi año —pensó—. Este año me convertiré en el mejor base del Bottom.»

—¿Tienes ya una cancioncilla para la temporada? —le gritó Jerome.

Peño sonrió. Llevaba una semana preparando una.

—Aún estáis preparados.

—No, no lo estamos —confirmó Lab.

—Ritmo, por favor —dijo Peño, pasando la pelota a Jerome y esperando que John el Grande marcara el ritmo.

Peño inspiró, tratando de recordar los versos:

Los Badgers han regresado
Y sí, el gimnasio está destrozado.
Pero los chicos son lo mejor
y aquí estamos pisando el acelerador.
Hemos venido para ganar.
Uppercut en el mentón vamos a dar.
Cuidado con los Badgers,
porque somos..., bueno...

Peño dudó, maldiciendo en su interior. Había perdido el hilo y empezó a hacer verso libre…, pero ¿por qué tenía que usar siempre la palabra «Badgers»?

¿Mad… gers?

Todos estallaron en carcajadas y Peño suspiró. Tenía que esforzarse para encontrar algo que rimara con el nombre del equipo. A Peño le encantaban los animales antiguos, pero ¿por qué Freddy había tenido que escoger el nombre de *Badgers*? En inglés significaba «tejones». Había leído acerca de ellos en uno de los libros de su madre cuando lo escogieron para formar parte del equipo, y le había gustado bastante el animal. Los tejones solían vivir en las llanuras de hierba de Dren hacía mucho tiempo, cuando había llanuras de hierba. Sus cuerpos eran cortos y anchos. Eran pequeños, pero se enfurecían si se los acorralaba. Hubiera sido un animal perfecto para Peño…, si tuviera una rima fácil. Podrían haberse llamado los Osos, los Murciélagos o los Gorriones.

Bueno, este último nombre quizá no.

—Cladgers… —dijo Peño, aún pensando—. Radgers… No, no hay manera.

Se fue a hacer una bandeja y golpeó el borde del aro. Peño miró a su alrededor, aliviado al comprobar que nadie se había dado cuenta de su fallo. Era su ataque el que le daba problemas. La pelota siempre parecía abandonar sus manos demasiado pronto. Pasara lo que pasase, jamás conseguía que el tiro fuera más lento, sobre todo durante los partidos. Lio decía que defendía a Peño «solo por ser educado». Al recordarlo, Peño torció el gesto.

Las puertas delanteras se abrieron de nuevo y entraron A-Wall y Vin.

—¡Amigo! —gritó Peño, haciendo un saludo burlón a Vin.

Vin era el escolta, pero la competencia por la posición de titular no parecía interponerse en su amistad. A-Wall era el alero alto titular y el tarugo oficial del equipo. Había fracasado en la escuela, pero había conseguido un trabajo en un pozo de grava. En el Bottom, la escuela se consideraba un privilegio: si suspendías tres exámenes, te echaban y tenías que ponerte a trabajar. No había muchos trabajos, pero los pozos de grava siempre eran una posibilidad.

El padre de Peño también trabajaba allí... Lo normal era que Peño acabara en ese mismo agujero.

Agarró la pelota y empezó a botar, pronunciando algunas palabras:

> Los Badgers son los peores
> jugadores del West Bottom.
> ¡Peño será el hombre,
> escucha cómo hace chof!
> ¡Vaaaaamoooooooos!

Lanzó un triple demasiado alto.

—Sí —dijo Lab, avanzando para unirse a él—. Ya lo oigo.

Peño le pasó el balón a su hermano. Lab enseguida falló un tiro en suspensión por su cuenta.

—Lanzas como la abuela —dijo Peño.

—Tú pareces la abuela —repuso Lab—. Aunque ella es más alta.

Peño cogió el rebote y fue a la zona, driblando a defensores imaginarios.

—Mamá dijo que al final yo sería el más alto —dijo Peño—. Lo que pasa es que voy despacio.

Lamentó sus palabras nada más pronunciarlas. Vio que Lab palidecía. Le temblaron los labios y cerró los ojos con fuerza. Siempre pasaba lo mismo. A Lab no le gustaba hablar de ella. Nunca. Quizá ni siquiera «pudiese».

—Sí —dijo Lab en voz baja.

Peño sintió una punzada de dolor por su hermano pequeño. Él también luchaba con sus recuerdos, claro, pero no como Lab. Peño podía hablar de ella. Quería hablar de ella. Lab solo quería olvidar.

«Tres años —pensó Peño—. Y aún no puede admitir que se ha ido.»

—Claro —dijo Peño, tratando de relajar el ambiente—. ¿Quién necesita altura cuando puede pegar unos botes tremendos?

Saltó y agarró el rebote por encima de Lab, consiguiendo la risa que buscaba. Empezaron a jugar un uno contra uno. Lab era mejor anotador, pero Peño era un defensor tenaz. Solía ser una batalla igualada, aunque Lab había empezado a superarle el año anterior.

Mientras jugaban el *scrimmage*, Freddy llegó, con el nuevo jugador detrás. El ambicioso dueño del equipo había llamado a Peño y a Lab hacía unas semanas para hablarles de su valiosa adquisición: Devon Jackson. Freddy había dicho que sería una presencia intimidante en el poste bajo y, al parecer, lo decía en serio.

Devon era el chaval más musculoso que Peño había visto en su vida. ¡Sus músculos tenían... músculos!

—Tengo que conseguir la tabla de ejercicios de ese tipo —murmuró Peño.

—¡Mis chicos! —gritó Freddy—. ¿Estáis todos? Venid, voy a presentaros a Devon.

El equipo se reunió lentamente alrededor de ellos dos. Peño se lo quedó mirando. Pensaba que Twig tenía suerte. Ese chico lo tenía todo ganado. Si podía correr sin caerse, sería una estrella. Peño se miró a sí mismo: barriga redonda bajo su camiseta, piernas rollizas, manos pequeñas. No tenía nada con lo que trabajar, ninguna ventaja genética. ¿Cómo se suponía que iba a estar a la altura de los demás?

—Es callado —dijo Freddy, palmeando uno de los anchos hombros de Devon—. Pero es un gran chico.

—Ya lo vemos —dijo Peño—. Parece un Clydesdale.

—¿Quién es Clyde Dale? —preguntó A-Wall—. ¿También juega al baloncesto?

Peño se frotó la frente.

—Es una raza de caballo… No importa.

—¿De dónde eres? —preguntó Lab.

Devon se movió, incómodo. Peño no podía creérselo: ¿aquel chico era tímido? Si Peño tuviera sus músculos, le daría igual todo.

—Estudio en casa —dijo Devon finalmente.

Peño rio.

—¡Estudias en casa! Qué bárbaro. Mis padres no quieren que esté allí ni después de la escuela.

—¿Quién va a culparlo? —dijo John el Grande—. Pero…, vamos, el chico tiene músculos que no sabía ni que existieran.

—Los tuyos están debajo de tu grasa de ballenato —dijo Peño, pinchándole con un dedo en la tripa—. Bueno, ¿cómo vamos a jugar con él si no habla? Quizá pueda animarlo. ¿Cómo llamas a un gato…?

—*¡Buuuu!* —le gritó el equipo entero.

Peño se enfadó.

—Tenía una buena frase esta vez.

—Seguro que no —dijo Vin.

Justo en ese momento, las luces parpadearon. Peño alzó la vista, preguntándose si el cableado de Fairwood habría cedido al fin. Era sorprendente que hubiese aguantado tanto. Probablemente, por allí no pasaba un electricista desde hacía décadas. Pero mientras miraba, la luz de las bombillas tembló y lo atrajo como si fuera una polilla.

Entonces oyó una voz lejana:

¿Adónde te lleva eso?

Peño se encogió y miró a su alrededor. Le pareció que la voz no venía de ninguna parte.

¿Qué se esconde en la oscuridad?

Peño miró a su alrededor de nuevo. Freddy seguía hablando. Pero esta voz era diferente..., más profunda.

Es la hora.

Las luces se apagaron todas a la vez, sumiendo al gimnasio en la oscuridad. Las puertas delanteras se abrieron de golpe hacia dentro, aunque Peño sabía perfectamente que solo se abrían hacia fuera, ya que había tropezado muchas veces con ellas y se había golpeado la nariz. Vientos huracanados rugieron en el interior, levantando polvo y basura que formaron una enorme torre.

—¡Tsunami de polvo! —gritó, metiéndose detrás de John el Grande—. ¡Corred!

—Gracias —dijo John el Grande.

Cuando el viento cedió, Peño vio a un hombre en el quicio de la puerta. Era enorme, iba impecablemente vestido y llevaba un maletín. Pero fueron sus ojos los que llamaron la atención de Peño. Eran de un verde reluciente y radiante, como relámpagos vistos a través de la niebla. Brillaron hacia Peño, como si quisieran absorberlo.

La voz dijo:

El chico que no podía respirar.

Peño retrocedió un paso. Se estaba imaginando cosas. La voz era su subconsciente.

Imposible. Nunca lo has dejado hablar.

El hombre se presentó como el profesor Rolabi Wizenard. Pronto, el equipo se quedó a solas con aquel enorme profesor. Sus ojos volvieron a fijarse en Peño. Aquel verde palidecía y cambiaba. Las imágenes pasaron por delante de Peño: una cama blanca inmaculada, dedos finos, noches en vela, cocinar porque eso hacía que pudiera recordarla… Le fallaron las rodillas y casi se cae.

—¿Estás bien? —preguntó Lab.

Peño asintió, incómodo.

—Sí, tío. Es que me ha sentado raro el desayuno.

—Comimos restos de espaguetis —dijo Lab—. Que cocinaste «tú». Claro que te habrá sentado raro.

Peño le lanzó una mirada furiosa y trató de tranquilizarse. ¿Qué le estaba pasando? ¿Por qué habían vuelto aquellas imágenes tan de repente? Sintió un peso en el pecho y se le cerró la garganta. Trató de alejar el miedo. Aquellas ideas eran para la noche, para cuando Lab no podía verlo.

Rolabi sacó un contrato.

—Necesito que todos firméis esto antes de que podamos continuar.

Cuando le tocó a Peño, aceptó nervioso el documento. Dos importantes detalles hicieron que se le acelerase el pulso. En primer lugar, el papel era duro como una piedra. En segundo lugar, no había en él otras firmas, a pesar de que los otros se habían pasado la misma hoja antes que él y todos habían firmado. Leyó cuidadosamente el contrato.

W

YO, CARLOS, *PEÑO*, JUÁREZ,
POR LA PRESENTE
ACEPTO A APRENDER
DEL PROFESOR
ROLABI WIZENARD
LA NATURALEZA DE
TODAS LAS COSAS

ESTE CONTRATO ESTÁ SUJETO A LAS LEYES QUE GOBIERNAN EL REINO DE GRANITY.

FIRMAR AQUÍ

—Creo que tengo que hablar con mi abogado antes de firmar nada —dijo Peño.

—No te puedes permitir ni mirar a un abogado —le recordó Lab.

—Vale —repuso Peño, firmando en la línea—. Así pues..., ¿el Reino de Granity es una nueva asociación? Suena un poco dramático. —Le tendió el papel a Reggie y puso una voz profunda, como la de un heraldo medieval—: El Reino de Granity exigirá que todos los jugadores asistan con bombachos y pelucas empolvadas.

Miró hacia Rolabi, pero el profesor no movió un músculo de la cara.

—No le gustan las bromas. Eso lo respeto —murmuró Peño.

Cuando todos hubieron firmado, Rolabi abrió su maletín. De él surgió una luz verde. Peño pudo oír que se movían cosas dentro. Cosas grandes. Algo graznó.

—¿Eso ha sido un loro? —preguntó, tratando de echar un vistazo.

Sin previo aviso, Rolabi le pasó un balón a John el Grande. El siguiente pasó silbando hacia la nariz de Peño, que la atrapó justo antes de que chocara con ella. La sala parpadeó y se movió como si Peño la estuviera viendo a través de una oleada de calor de verano sobre el cemento; de pronto, Fairwood estuvo lleno de espectadores. Peño miró a su alrededor con los ojos muy abiertos. Estaba de pie, en medio de un partido. Los seguidores llenaban las gradas. Reggie llegó corriendo por la cancha y Peño gritó cuando él pasó corriendo «a través» de su pecho. Vio a su hermano pequeño y corrió hacia él, aliviado.

—¡Eh, Lab! —gritó—. Esto es inventado, ¿verdad?

Sin embargo, su hermano pasó corriendo junto a él. Rain hizo lo mismo. Peño miró al banquillo de los titulares y solo vio a cuatro allí sentados: Vin, John el Grande, Jerome y A-Wall. Devon, Twig, Rain, Lab y Reggie estaban en la cancha, así que en el equipo solo había nueve. Vio a su padre en las gradas y corrió hacia él, pero su padre miró «a través» de él, contemplando a los demás jugadores.

—¡Papá! ¡Eh! —gritó Peño, agitando los brazos—. ¿Señora Roberts? ¿Me oye alguien? ¡Hola!

Trató de agarrar el brazo de su padre, pero su mano atravesó la carne y el hueso como si fueran una voluta de humo.

«No estoy aquí —comprendió—. En realidad, no.» Era una visión, o quizás un sueño. Peño giró en redondo. El juego continuaba sin él. Todo era normal. Solo que... él no estaba allí. Peño se agachó, abrazándose a sí mismo, mientras el juego se desarrollaba a su alrededor. Hurras, risas y gritos. Sus compañeros de equipo ni siquiera se habían dado cuenta de que él no estaba. No les importaba. Se le encogió el estómago.

Entonces vio al profesor de pie en la línea de banda, mirándolo fijamente.

—Hummm —dijo Rolabi—. Interesante. Esto será todo por hoy. Os veré aquí mañana.

El equipo volvía a encontrarse en un gimnasio vacío. Peño se levantó y miró a su alrededor, desconcertado. Sus compañeros parecían igualmente incómodos. Rolabi se marchaba.

—¿A qué hora? —preguntó Peño, mecánicamente.

Rolabi no contestó. Cuando llegó a las puertas, estas se abrieron de golpe, empujadas por otra ráfaga de aire helado. El profesor las atravesó y las puertas se cerraron.

—¿Nos quedamos los balones? —gritó Peño.

Fue tras Rolabi, esperando una respuesta. Cualquiera. Corrió hacia el aparcamiento.

—¿Qué...? ¿Profesor? —Peño giró en redondo, con los ojos abiertos de par en par.

Rolabi ya había desaparecido.

2
EL MODO CORRECTO

La complacencia garantiza el fracaso.

PROVERBIO 27 WIZENARD

Peño se detuvo delante de Fairwood, levantando la vista hacia el edificio rosa. Era la primera vez que se sentía nervioso desde que había hecho la prueba para entrar en los Badgers, hacía ya dos años. Aquel había sido el miedo a que no lo admitieran, a que Lab entrase, a tener que ver los partidos desde las gradas. Apenas había podido dormir durante las semanas que faltaban para aquello y casi vomitó al entrar por las puertas. Felizmente, ambos lo habían conseguido. Ver la alineación del equipo había sido uno de los mejores momentos de su vida.

Este miedo era distinto. Temía cosas que no podía explicar o entender. Voces, recuerdos. Peño se miró las manos, vio que temblaban y rápidamente se las metió en los bolsillos antes de que Lab pudiera darse cuenta.

Peño no mostró el miedo. Era el hermano mayor; tenía que ser fuerte. Nunca lloraba. No se asustaba. Cocinaba, limpiaba y lo hacía todo en casa para que Lab y su padre pudieran seguir adelante. Aun así, sentía los temblores en los bolsillos. No había temblado así desde hacía tres años, cuando extendió la mano para agarrar unos dedos esqueléticos y había sentido que su calor se iba, que su fuerza los abandonaba quedándose fríos... Rechazó el recuerdo. No era momento de pensar en eso. En realidad, nunca era el momento.

—¿Qué estás haciendo? —preguntó Lab, dando saltos a su alrededor.

—Nada —contestó Peño en voz baja.

—Bueno, no estás entrando —dijo Lab—. ¿Estás asustado?

Peño suspiró. Ambos habían sugerido que algo raro había pasado en el entrenamiento del día anterior. Pero parecía que ninguno de los dos quería ser el primero en admitirlo claramente. Se miraron, midiéndose, negándose ambos a apartar la mirada.

—¿Por qué iba a estar asustado? —preguntó Peño.

Lab se encogió de hombros, aunque parecía incómodo.

—Lo digo porque me lo parece. Ve delante.

—¿Por qué no vas tú?

—Siempre entras el primero —dijo Lab—. Te cuelas por las puertas, literalmente.

—Bueno, es hora de que vayas tú delante, hermanito —respondió Peño. Se inclinó hacia delante, con aire cómplice, y susurró—: A menos que haya algún problema…

—No —negó Lab—. ¿Crees que me asusta un tío rarito con traje? Como he dicho, sin duda, Rolabi es un mago de tres al cuarto que está tratando de impresionarnos el primer día para que nos portemos bien.

Había dicho eso unas cien veces, pero Peño no estaba convencido. Había magos callejeros en el Bottom (vagabundos con barajas destrozadas o telas multicolores metidas por las mangas), pero daban lástima, si es que la gente se molestaba en mirarlos. La magia era una estafa: un último recurso por unos cuantos peniques de Dren.

Lo que Rolabi hacía era diferente. Las imágenes y las visiones, así como la voz que resonaba en la cabeza de Peño, no parecían un timo. De hecho, le resultaban extrañamente familiares… o personales. Era como si Peño tuviera algo que ver con las cosas imposibles que estaba viendo y oyendo. Quizá fuera incluso responsable de ellas.

¿Estás preparado para el camino?

Peño miró a Lab, pero sabía que la pregunta no la había hecho su hermano. Era la voz del día anterior. «Su» voz.

—Vale, entonces entra primero —dijo Peño, haciéndose a un lado y señalando las puertas.

Lab puso un gesto.

—Muy bien…, cobarde.

Peño sintió que el calor le subía a la cara. Despreciaba aquella palabra. Ambos lo hacían. A lo largo de los años, había conseguido una clavícula rota y varios tobillos torcidos por culpa de ella, y Lab se había fracturado tres costillas saltando de la parte de atrás del tejado por una apuesta.

Peño estuvo castigado mucho mucho tiempo por aquello.

Ahora, agarró la otra puerta.

—Entonces entraremos a la vez, si eso te hace sentir mejor.

—Muy bien. Pero entraré solo. No te necesito.

—¿A la de tres?

Lab hizo una pausa.

—A la de tres.

Peño se volvió hacia las puertas.

—Una…, dos… ¡y tres!

Abrieron sus respectivas puertas, dando pequeños pasos hacia atrás al mismo tiempo como para evitar posibles golpes.

Reggie estaba solo en el gimnasio, estirando junto al banquillo, mirándolos.

—Vale —dijo Peño—. ¿Lo ves? No pasa nada raro.

—Te odio —murmuró Lab.

Los dos hermanos entraron corriendo, a toda prisa y dándose codazos el uno al otro para llegar el primero.

—¿Hay algo de lo que quieras hablar, hermanito? —susurró Peño.

—No —dijo Lab—. ¿Y tú?

—Estoy estupendamente.

Se dejaron caer en el banquillo y se miraron furiosos.

—¿Peleando otra vez? —preguntó Reggie, desconcertado.

—Lo normal —respondió Peño.

Sacó sus zapatillas y las miró para ver si tenían arañazos. No había ninguno, por supuesto. Las había limpiado el día anterior, cuando llegó a casa, a pesar de que solo las había usado durante una hora más o menos. En realidad, pasaba más tiempo limpiando sus zapatillas que llevándolas puestas. La familia de Peño no tenía teléfonos móviles ni ordenadores (muy por encima de sus posibilidades), de modo que Peño y Lab solían entretenerse con una mezcla de viejos libros, una televisión con cuatro canales y ensayando lanzamientos a canasta contra la pared trasera de su casa. Peño había dibujado un pequeño cuadrado con tiza al que tenían que acertar. No era exactamente lo mismo que un aro, pero al menos hacían ejercicio. Lab siempre decía que Peño sería una estrella si los partidos se jugaran con cuadrados, en vez de con canastas.

Tratando de no desfallecer, Peño sacó la nueva pelota de su bolsa de deporte. Echó una discreta y esperanzada mirada a su alrededor por si había espectadores. Al no ver ninguno, corrió hasta la cancha. Aquella era la única ventaja de la extraña presentación de ayer: los balones nuevos. Los Badgers nunca habían tenido sus propios balones. Y estos estaban para estrenar. Elásticos, bonitos. Peño se había pasado media noche oliendo el suyo hasta que Lab amenazó con tirarlo por la ventana.

Cuando empezó a botar, el miedo retrocedió. Escuchó el golpeo sobre los tablones del suelo y se movió con un patrón mareante: pase la espalda, entre las piernas, reverso. Paso, bote, cruce, paso. Se convirtió en una danza, sus manos revoloteaban borrosas a su alrededor y empezó a rimar en voz baja:

El jefe es Peño,
el chico con empeño.
Su presencia siempre mola,
en la cancha le hacen la ola.

Peño hizo un gesto y decidió no compartirlo. Llevaba años rimando... con resultados diversos. Lab despreciaba sus obras, pero Peño pensaba que estaba mejorando. Eso eperaba.

Lab pronto se unió a él y adoptaron una rutina fácil; uno lanzaba la pelota y agarraba el rebote, mientras que el otro cortaba para la bandeja. Aunque tuvieran una pelota cada uno, seguían usando una sola. Viejas costumbres, supuso. Lab empezó a colar triples, a un buen un ritmo. Peño le iba pasando el balón con ritmo.

—Oh, vale —dijo Peño—. Mi hermano tiene *flow*...

—*No* —le cortó Lab, mirándolo furioso—. Hoy nada de rimas. O mejor, mira, nunca.

—Estás celoso, superceloso, eres una ametralladora sin balas...

Lab le pasó el balón y Peño lo atrapó, riendo. Se sacudió y se movió alrededor de su hermano, hizo un reverso y lanzó una bombita. Planeaba usar mucho ese movimiento en la temporada; lo había estado practicando en la pared de ladrillos. Agarró el rebote y pasó por debajo de un tiro salvaje de A-Wall, que solo sabía tirar desde debajo del aro.

—Te estás acercando —dijo Peño—. Se ha quedado en el gimnasio.

A-Wall lo miró enfadado.

—Este año solo me has buscado cuando hemos hecho algún tuya-mía.

—Sí —dijo Peño—. No te preocupes, si estás a siete metros del aro, yo te la paso.

—Gracias —dijo solemnemente A-Wall.

Peño se frotó la cara. Era realmente como estar hablando con una pared.

Se volvió de cara a la canasta y se quedó rígido. Había desaparecido. Habían surgido muros de ladrillo por todos los lados, alzándose hacia un cielo distante, poco más que un puntito azul. Estaba atrapado dentro.

—¿Lab? —susurró.

Peño caminó hasta la pared más cercana y pasó los dedos tentativamente por los ladrillos. La pared era real e infranqueable.

Caminó un poco, confuso, sin ver ninguna puerta.

—¡Rolabi! —gritó—. ¡Rolabi!

Empezó a sudar. Ya había tenido antes la sensación de que las paredes se cerraban a su alrededor; imaginariamente, quizá, pero la amenaza había sido parecida. No podía dejar que le entrara el pánico. Pasó de nuevo las manos por la pared, empujando, probando. Para su sorpresa, un ladrillo se deslizó hacia dentro y cayó al suelo. El siguiente no se movió, pero él lo agarró por un lado y tiró; entonces el ladrillo cayó hacia él, dejando pasar más luz. Empezó a desmontar la pared, ladrillo a ladrillo, formando una abertura y dejando que la luz del sol entrara en aquella jaula emparedada. Podía ver Fairwood más allá de los trozos de mortero; las gradas y las paredes desteñidas.

—¿Sabes lo que significa ser un líder, Peño?

El chico se giró en redondo. Rolabi estaba de pie detrás de él.

—¿Dónde...?

—¿Lo sabes?

Peño se quedó pensando.

—Yo... Hacer que la gente te siga, supongo.

—No —dijo Rolabi—. Es ser el primero en sufrir. Dormir el último. Trabajar más duro. Disfrutar menos. Es ver los muros como si fueran puertas. Cada persona tiene una manera de desbloquear sus posibilidades. El constructor deja una llave para que la usen otros.

—¿Qué quiere decir con «llave»?

—Suele estar escondida, sí. La mayoría de la gente no se molesta en mirar. Pero un líder se toma el tiempo de echar abajo los muros. Empujan y tiran. Dan y toman. Hacen que emerjan nuestras posibilidades ayudando a otros a superar los límites que ellos mismos han creado. Es un proceso difícil, arduo y agotador. No todo el mundo puede hacerlo.

—Eso no suena muy divertido —murmuró Peño.

—Si no tenemos un líder, no tenemos oportunidades. No tenemos equipo.

Peño se puso rígido.

—¡Necesitamos tener un equipo!

—¿Por qué?

—Me encanta este equipo —dijo Peño—. Lo necesito, tío.

—Pero también te da miedo. ¿Por qué? ¿De qué tienes tanto miedo?

Peño sintió que lo recorría un escalofrío y tragó saliva.

—No..., no lo sé.

—Entonces no estás preparado para liderar.

De pronto, Peño se vio de pie con el equipo en el centro de la cancha. Todos se habían reunido alrededor de Rolabi. Parpadeó, frotándose los ojos, pero nadie parecía darse cuenta de que había estado fuera. Lab estaba junto a él, con su pose habitual, como desmadejada.

Volvió a pensar en los muros. ¿Qué había querido decir Rolabi? ¿Qué se suponía que tenía que hacer?

—Mi..., esto..., mi padre se preguntaba cuándo pueden venir los padres a conocerlo —dijo Twig.

Peño miró a Lab. Su madre siempre había sido la que se «implicaba». Su padre trabajaba muchas horas (y ahora más) y nunca podía reunirse con profesores o entrenadores. Peño echaba de menos a su madre cuando volvía a casa. La echaba de menos cantando en la cocina, cocinando platos que había aprendido de ella..., platos que no había tenido tiempo de enseñar a Peño. Cantaba todos los días: para despertarlos, mientras cocinaba, cuando se iban a dormir. En aquellos días, la casa estaba silenciosa. Nadie cantaba.

—Después de la prueba de selección, me reuniré con los padres —dijo Rolabi.

Peño volvió de pronto al presente.

—¿Ha dicho usted prueba de selección? Este «es» el equipo.

—Este «era» el equipo.

A Peño se le encogió el estómago. ¿Aún podían descartarlo? Sintió que aquel viejo temor renacía. ¿Y si Lab entraba y él no lo lograba? ¿Y si era el único descartado? ¿Lo dejarían todos atrás?

—Si hay algún asunto urgente —siguió diciendo Rolabi—, pueden llamar al 76522494936273.

Peño empezó a contar con los dedos.

—Eso no parece ningún número de teléfono…

Twig se estaba palmeando los bolsillos en busca de un bolígrafo.

—Así que… siete… ocho… ¿Puede repetirlo?

—Vamos a empezar con un *scrimmage* —dijo Rolabi—. Hoy vamos a usar un balón distinto. Los titulares del año pasado contra los suplentes.

Peño tuvo la sensación de que había subrayado «el año pasado». ¿Cambiaría Rolabi también a los titulares? Aunque Peño entrara en el equipo, ¿quedaría relegado al banquillo? Eso sería mejor que quedar descartado, claro, pero no mucho. Se suponía que este iba a ser su año. La oportunidad de adoptar un papel estelar y demostrar a todos (incluido a sí mismo) que podía alcanzar otro nivel. Miró nervioso a Vin.

Rápidamente, se dividieron en sus respectivos equipos. Entre los titulares, Peño era el base, Rain jugaba de escolta, Lab ocupaba la posición de tres, A-Wall jugaba de ala-pívot y Twig era el hombre alto. Cada uno tenía a su correspondiente contrapartida: Vin, Reggie, Jerome, Devon y John el Grande.

Twig y John el Grande dieron el salto entre dos.

—Voy a por ti —dijo Vin, dándole a Peño un codazo juguetón—. En mi papel de titular.

Peño sonrió, tratando de ocultar su preocupación.

—Antes tendrás que atraparme, tío.

El equipo del banquillo ganó la lucha y Peño se movió rápidamente hacia atrás, de espaldas.

—¡De nuevo en posición! —gritó.

Vin era un buen jugador, robusto y fuerte, con un buen tiro en suspensión, pero no era tan rápido como él; además, no tenía el mismo manejo de balón. Peño permanecía en el poste bajo, manteniendo una mano extendida para tratar de sacar ventaja. Se movía de un lado a otro con movimientos laterales, sin perder de vista la tripa de Vin. Su tiro podía ser una amenaza, pero Peño podía enfrentarse a cualquier base anotador en el EYL.

Ya en el primer minuto, Jerome había hecho una bandeja e iban por delante.

—¡Puaf! —se burló Peño.

Recibió la bola y empezó a driblar por la cancha. Estaban jugando una defensa sin ayudas y Peño podía dejar atrás a cualquier defensor en campo abierto. Fintó a la izquierda y salió por la derecha. Vin tropezó y manoteó en el aire. Peño pasó corriendo junto a él..., directo hacia una pared invisible. Saltó y se dio un topetazo con la nariz. Lo intentó de nuevo: otro trastazo. Se le llenaron los ojos de lágrimas. Extendió la mano y no sintió que tocase nada.

—¿Qué es eso? —dijo, frotándose la nariz.

—Se llama «defensa» —respondió Vin con una sonrisa.

—No me refería a eso.

Peño amagó a izquierda y fue hacia la derecha por tercera vez. Una vez más, recibió un doloroso golpe en la nariz. No podía evitarlo. Dribló con su mano izquierda, más débil..., y se fue directamente contra el pecho de Vin. Vin robó el balón y logró una bandeja. Peño se quedó allí parado. ¿Estaba perdiendo la cabeza? Caminó hacia la derecha, con las manos extendidas, pero no tocó nada.

—¿Qué haces, Peño? —preguntó Lab, pasando junto a él para coger la pelota.

«No tengo ni idea», pensó él.

—Nada —dijo—. Perdí el balón. Retrocede y bloquea, ¿vale?

—Creí que te habías vuelto loco —dijo Lab—. Pareces Twig cuando intenta driblar.

—Gracias —murmuró Twig.

Peño cogió el pase tras la línea y giró bruscamente hacia la derecha, golpeándose de nuevo contra una pared. Quería gritar. Pero ¿cómo se lo iba a explicar a los demás? ¿Qué podía decir? ¿Que estaba apareciendo una pared invisible cuando iba hacia la derecha? Pensarían que estaba loco. Así pues, se calló y se frustró más y más. Tras una hora, el equipo del banquillo iba ganando por cuatro puntos. Peño estaba profundamente molesto.

—¡Esto es ridículo! —dijo, negando con la cabeza—. ¡Venga! ¡Estamos perdiendo contra el banquillo!

Se giró para atrapar un pase y se quedó rígido. Estaba solo de nuevo.

—¿Por qué yo? —murmuró.

Junto a él apareció de pronto un caballero… y luego otros tres. Todos llevaban relucientes armaduras plateadas, sus angulosos cascos estaban cerrados y lanzas de dos metros surgían de sus puños enguantados. Peño estaba exactamente en el centro del grupo y se sintió muy pequeño. Eran al menos treinta centímetros más altos que él.

—Hummm… —dijo—. ¿Hola?

Uno de los caballeros lo miró, lo saludó con la cabeza y luego se dio la vuelta. Peño siguió su mirada y palideció cuando vio otra fila de caballeros frente a los primeros al otro lado del gimnasio, vestidos de manera idéntica, solo que su armadura era cobriza en lugar de plateada. Diez de ellos estaban firmes, con las lanzas preparadas.

—¿Chicos? —dijo Peño.

—¡En marcha! —gritó uno de los caballeros plateados.

Peño trató de retroceder, pero los caballeros de ambos lados tiraron de él, marchando apresuradamente hacia la línea opuesta. El retumbar de sus pasos se aceleró. Los caballeros que estaban en el centro de la fila se adelantaron, componiendo una línea de ataque en forma de V. Los defensores imitaron su formación. Peño trató de liberarse.

—Creo que aquí hay un error… —dijo.

Los caballeros que estaban en el centro de las filas chocaron uno contra otro con un resonar de metal contra metal. Peño se agachó en medio del caos, tratando de empequeñecerse. Mientras tanto, los caballeros de cobre que estaban a cada lado de su línea de defensa marcharon hacia delante sin encontrar oposición, rodeando a Peño y a los caballeros plateados en un momento. Peño tragó saliva cuando todos bajaron las lanzas, apuntando ahora hacia los flancos expuestos y las partes traseras. Una iba dirigida justo a los ojos muy abiertos de Peño.

Todos se detuvieron en seco.

—Y así acaba la batalla —dijo una voz familiar—. No había nadie protegiendo los flancos.

Peño luchó por liberarse del revoltijo de brazos y piernas, pasando por debajo de los combatientes congelados, y vio a Rolabi contemplando la escena.

—¿Por qué estoy de nuevo en medio de una guerra medieval? —preguntó, agitando la mano delante de un inmóvil caballero cobrizo.

—Un equipo sin un buen banquillo es medio equipo. A su vez, eso significa una derrota rápida y repentina. El banquillo suele ser la marea que hace cambiar el rumbo de la batalla. Todo el equipo avanza como un solo hombre. Los titulares, el centro de la formación, no son más necesarios que los que van detrás. Todos debéis funcionar como una unidad. De lo contrario, nunca ganaréis.

Peño contempló a los caballeros rodeados.

—¿Está tratando de decirme que estoy en el banquillo?

—Te estoy diciendo que eso no importa —contestó Rolabi.

—Entonces, ¿qué hago?

—Asegúrate de que todos tienen una función. Todo el mundo debe estar preparado. Una debilidad o una grieta en la línea acaba con la batalla —dijo Rolabi. Señaló a Peño con el dedo—. Sella las grietas.

Y, diciendo esto, caminó hacia las gradas, con el maletín en la mano. Peño se dio cuenta de que los caballeros habían desaparecido y que, en su lugar, estaba el equipo, rodeándolo. Se preguntó si realmente habrían desaparecido o si lo había hecho él, o si alguno de ellos estaba viendo esas mismas cosas tan extrañas. Lab parecía sorprendido.

Rolabi se sentó en las gradas y desapareció. El equipo rodeó a Peño, con los ojos abiertos de par en par.

—¿Dónde...? ¿Cómo...? —dijo John el Grande.

Peño se quedó mirando hacia el banquillo vacío, con la boca abierta.

—Esto no tiene gracia.

Pensó en la extraña visión, en los caballeros marchando hacia la batalla y en las instrucciones que le había dado Rolabi. ¿Qué quería de Peño? ¿Que preparara al banquillo? ¿Más discursos motivacionales?

—O sea... Estamos de acuerdo en que nuestro entrenador es un brujo, ¿no? —dijo John el Grande.

Lab frunció el ceño.

—¿Qué pasa? ¿Es que tienes seis años? Los brujos no existen.

—Creí que era en los magos en lo que no creías —dijo secamente Peño.

Vio a Devon dejándose caer en el banquillo y

pensó de nuevo en las instrucciones de Rolabi: asegurarse de que todos tuvieran un papel. Que todos estuvieran preparados. Recordó que Devon no había dicho ni una sola palabra en dos días. Peño se había dado cuenta de que jugaba sin ganas. Incluso tímidamente. Quizá Rolabi quisiera que hiciera salir las posibilidades que tenían chicos como Devon. Y eso podía hacerlo.

Peño se sentó junto a él y vio una tarjeta en cada bolsa con una gran W y un número.

—Bueno —dijo Peño, mirando a Devon—. Chico nuevo. Estudia en casa. Gran jugador.

—No irás a hacer una rima, ¿verdad? —dijo Lab, sentándose al otro lado de Peño para variar.

—Quizá más tarde —respondió Peño—. Solo quería conocer mejor al nuevo. Por ejemplo, me he dado cuenta de que no te gusta meter canastas. Ni coger rebotes. Ni empujar a la gente. Y eres muy grande. Estoy un poco confundido.

Devon se movió, rascándose la nuca.

—Estaba…, estaba haciéndome al equipo.

Peño advirtió su incomodidad. No había duda de que era tímido. Pero ellos necesitaban a un bruto así junto al poste bajo.

—Es comprensible —dijo Peño—. Normalmente, yo puedo rebotear. Yo…, bueno… Ha sido un día raro. Pero tío, sé grande. O al menos enséñame unos cuantos ejercicios. Eres como un buey. Un máquina. Un auténtico…

—Por favor, para —gimió Lab.

Peño suspiró, lanzando una sonrisa a Devon.

—Mi hermano no entiende mi genialidad —dijo Peño, suspirando dramáticamente—. ¿Y bien?

Se dio cuenta de que Vin estaba marcando números en su móvil, mirando la tarjeta que tenía en la otra mano. Solo Vin y Twig tenían teléfonos móviles. Twig vivía en las afueras, pero Vin era del ruinoso centro de la ciudad, como los demás. Nunca le había dicho a nadie cómo había conseguido el teléfono móvil ni quién pagaba las facturas.

—¿Y bien? —preguntó Peño cuando Vin colgó.

Vin frunció el ceño.

—Una grabación. Dice que la línea es para los padres. Y ha dicho: «Buenas noches, Vin». ¡Qué macabro!

—Es un brujo —dijo John el Grande.

—Quieres decir un hechicero —contestó Vin.

—¡Eso no existe! —soltó Lab.

Peño dio a Devon una rápida palmadita en la rodilla.

—Te veo mañana, tío. Pisa a alguien, ¿quieres? Pero no a mí. Soy demasiado guapo.

Eso le hizo reír. Peño se quitó las zapatillas, pensando. Si necesitaba preparar para la batalla a sus compañeros, podía hacerlo. Pero ¿qué papel tendría él en todo aquello? ¿Cómo podía seguir pensando en convertirse en una estrella? Ese era su auténtico objetivo ese año. Peño sintió un fogonazo de desaprobación muy real.

«Aún no estás preparado.»

3

EL JUEGO DE CONTAR

Si el camino que tomas es fácil, usa el tiempo con inteligencia. Hazte más fuerte. Hay colinas en el horizonte.

PROVERBIO 37 WIZENARD

Al día siguiente, Peño se volvió hacia su hermano y se cruzó de brazos, bloqueando la puerta.

—Última oportunidad —dijo Peño—. Admite que viste algo.

Lab puso los ojos en blanco.

—Ya te dije que sí. Pero ¡no era más que un truco!

—¿Cómo puede ser un truco? ¿Alguna vez has visto a un mago hacer esas cosas?

—Se llama prestidigitación —dijo Lab.

Peño se enfadó. Se habían pasado así toda la noche. Lab se negaba a creer que Rolabi Wizenard fuera otra cosa que un mago tramposo. Era muy irritante, y Peño sentía que se estaba poniendo cada vez de peor humor.

—Pero las visiones...

—Hipnotismo —dijo Lab, rodeándolo para llegar a las puertas.

—Y el maletín…

—De atrezo.

Peño apretó las manos formando puños y fue tras él.

—Era real. Lo sabes perfectamente.

—Si estás tan seguro de que es un mago, ¿por qué no se lo dijiste a papá?

Peño hizo una pausa.

—Bueno, porque…

—Porque no te habría creído —respondió Lab—. Porque la magia no existe.

—Yo no he dicho exactamente que fuera magia.

—Entonces ¿qué es, eh? —soltó Lab volviéndose hacia él.

Peño pudo ver manchas rojas en las mejillas de su hermano. Su madre las llamaba «puntos de ira». Iban desde sus ojos entrecerrados hasta la mandíbula apretada. «Y todos me llaman el jalapeño a mí», pensó Peño irónicamente.

—¿Qué problema tienes? —preguntó Peño—. ¿Por qué no puedes admitir que pasa algo raro?

—Porque no es así como funciona el mundo. No hay magia, Peño. Lo siento.

Se dio la vuelta para entrar, pero Peño lo agarró por el brazo.

—¿Es por mamá?

Lab se sacudió para soltarse.

—No es por nada.

—Yo también la echo de menos…

—Y la viste morir igual que yo —dijo Lab, volviendo junto a él—. ¿No fue eso «mágico»?

Lab abrió las puertas de un empujón y entró. Peño se quedó allí un momento con la garganta seca y rasposa. Recordaba. Camas blancas, un pitido que resonaba en las paredes, manos cálidas que se volvían frías. Una vocecita en su interior estaba de acuerdo con Lab. No podía haber magia en el Bottom.

Peño siguió a su hermano al interior del gimnasio. El aire mohoso cayó sobre él, pero esta vez no le sirvió de consuelo. Vin y Reggie se estaban preparando. Los saludó con la cabeza mientras se sentaba. Un extraño silencio se cernía sobre Fairwood. Parecía difícil de romper…, como si simplemente hablar o reír no fuera suficiente. Era un silencio expectante, misterioso. Peño se removió inquieto.

—¿Llamaron los padres de alguien a Rolabi anoche? —preguntó, rompiendo el silencio.

—Sí —murmuró Vin—. A mi madre le gustó.

—A mi abuela también —dijo Reggie—. ¿Y vosotros?

Peño negó con la cabeza. No le gustaba contar a los chicos cuánto tenía que trabajar su padre.

—Papá llegó tarde a casa. ¿Qué les dijo Rolabi?

—No me lo contó —respondió Vin—. Mi madre parecía encantada.

El resto del equipo empezó a aparecer; la mayoría confirmó la misma historia. Sus padres habían llamado, habían escuchado y después no habían dicho nada. Peño seguía pensando en lo que había dicho su hermano, acerca del día en que ella había muerto. Deseaba que su madre también hubiera podido llamar a Rolabi la noche anterior. Deseaba muchas cosas.

—Estamos hablando como si esto fuera normal —dio John el Grande—. Y no lo es. Fue magia, tíos.

—La magia no existe —soltó Lab.

—¿De verdad?

La sonora voz pilló a Peño desprevenido. Cayó de cara sobre el parqué y todo el equipo tropezó tras él. Rolabi estaba de pie tras el banquillo.

—Si no creéis en la magia —dijo Rolabi—, tenéis que salir más.

Su mirada cayó sobre Peño.

¿Encontraste las grietas?

«¡Sal de mi cabeza!», pensó Peño.

—Vamos a empezar corriendo alrededor de la cancha— dijo Rolabi, con la voz tan tranquila como siempre.

Corrieron por el gimnasio y, a pesar del ritmo pausado, muchos de los jugadores pronto estuvieron jadeando, Peño incluido. A las cinco vueltas, le caía el sudor por la cara; se lo trató de limpiar en vano con una manga ya empapada, con sabor a sal.

—Ensayaremos los tiros libres. De uno en uno —dijo Rolabi. No se había movido un centímetro desde que habían empezado a correr; sus ojos los seguían cuando pasaban, como el viejo retrato al óleo que había en la casa del abuelo de Peño—. En cuanto uno anote, dejaréis de correr por hoy. Si falláis, todo el equipo corre cinco vueltas más. Seguiréis caminando mientras esperáis vuestro turno para lanzar.

Peño se detuvo inmediatamente, agarrándose los michelines. Era como si alguien los estuviese apretando con un par de tornos. Se dirigió a la cancha, limpiándose la frente.

—Entendido —dijo, con toda la desfachatez que pudo reunir entre tanto jadeo.

Rolabi le lanzó la pelota. Peño botó unas cuantas veces de camino a la línea. Tenía que ampliar el tiempo de descanso por si fallaba. Se detuvo ante la línea de tiros libres y volvió a botar el balón con cada mano, haciendo inspiraciones profundas para serenarse. Entonces alzó la pelota para tirar.

Peño abrió la boca. El aro estaba ahora a quince metros por encima de su cabeza; todo el gimnasio se había estirado para adaptarse a él, de modo que tenía que echar la cabeza hacia atrás para ver las vigas. Los banderines estaban tan altos que no podía leer lo que ponía en ellos, pero sus compañeros de equipo estaban mirándolo sin decir nada.

—¿Qué...? ¿Cómo se supone que tengo que...? —murmuró.

¿No es esto lo que ves siempre? ¿Qué eres demasiado bajo para hacer un lanzamiento?

—Tira, por favor —dijo Rolabi.

—Esto no es posible, esto no es posible —dijo Peño.

La grana lo hace posible.

«¡Hoy te voy a ignorar, voz mágica que seguramente es la de Rolabi! —pensó—. Y... ¿qué es eso de la grana?»

Ya lo verás.

—Tira como sueles hacerlo —murmuró Peño para sí.

Era imposible calcular la distancia. Echó la pelota hacia atrás con un brazo y la lanzó hacia el aro como si fuera un *pitcher* de béisbol. Sin embargo, en cuanto la pelota abandonó su mano, el aro volvió a su altura habitual, y él contempló incrédulo cómo el tiro salía disparado, chocaba contra la pared, el tablero, de nuevo la pared y después rodaba hasta el rincón más alejado como en un tiempo muerto.

—Pero ¿qué clase de tiro ha sido ese? —preguntó Lab.

Peño volvió con el equipo.

—No..., no sé.

—Cinco vueltas más —dijo Rolabi.

Peño lanzó una mirada al profesor y corrió a unirse al equipo. Pero cuando entró en la fila, nadie se movió. De repente, Peño empezó a deslizarse hacia atrás; con horror, se dio cuenta de que el suelo del gimnasio se estaba inclinando «hacia arriba» como la ladera de una colina. Se agachó, tratando de estabilizarse.

—Empezad —dijo Rolabi.

—Profesor —dijo Vin—, el suelo...

—Cuando estamos cansados, la cancha puede parecernos una montaña —dijo Rolabi, asintiendo.

—¡Es una montaña! —dijo Peño, incrédulo.

—¿O es una topera? —contestó Rolabi—. En cualquier caso, el juego continúa.

—Me duele la cabeza —dio Peño, manteniendo las manos sobre el suelo para conservar el equilibrio.

—Corred —dijo Reggie—. Podemos llegar hasta allí arriba.

El equipo dudó, y luego emprendió el camino pendiente arriba. Peño era el último de la fila; se daba cuenta de que, si un jugador se resbalaba, lo golpearía al caer. No perdió de vista a Devon ni a John el Grande, listo para saltar a un lado si uno de los dos perdía pie. No quería acabar como una mancha del color de Peño debajo de una de aquellas moles. Cuando finalmente llegó a la línea de fondo, el equipo se había detenido una vez más. Estaba ahora frente a una empinada «bajada». Peño sintió que se le revolvía el estómago. Odiaba las alturas.

Aquello no era más que el principio. Cada vuelta presentaba un nuevo desafío: Peño subió por escaleras, saltó vallas, corrió en una cinta de correr y tropezó subiendo y bajando por resbaladizos valles de parqué. Después de cinco vueltas, estaba tan sudoroso que tenía la sensación de que iba a convertirse en un bloque de sal. Felizmente, Rain salió a lanzar el tiro siguiente. Rain era un tirador con sangre fría, el mejor del equipo. Las vueltas al gimnasio iban a terminar.

Peño se apoyó contra la pared, limpiándose la cara.

—¿Lab?

—Sí... Lo he visto —murmuró él.

—¿Sigues pensando que es un fraude? —preguntó secamente Peño.

Lab no contestó. Soltó una risa amarga y miró a Rolabi, que seguía inmóvil en el centro de la cancha, con las manos a la espalda y el maletín en el suelo. Peño entrecerró los ojos cuando vio que algo se movía detrás del profesor: una imagen borrosa, como envuelta en niebla. Allí atrás había gente.

El camino no será fácil.

Los labios de Rolabi no se movían, pero la voz era muy clara.

—¿Quién es esa gente? —preguntó Peño.

Sintió claramente una sensación de frío, una amenaza. Fueran quienes fuesen, no parecían muy amigables.

El equipo debe estar preparado. Hay oscuridad en el horizonte.

—Todos, a beber —dijo Rolabi en voz alta.

Peño se encogió y miró a su alrededor. El equipo se dirigía ya hacia los banquillos, y él los siguió, inquieto. Una de las sombras le había resultado familiar: un rostro amarillento y cadavérico que veía casi todas las noches. Pero tenía que ser una coincidencia. No podía imaginarse por qué iba a estar precisamente en Fairwood el presidente de Dren. Se estremeció cuando empezaron a correr de nuevo.

Lab, Vin, John el Grande y Twig fallaron. Peño tenía la sensación de haber perdido ya cinco kilos de sudor. Sus piernas le parecían bloques de cemento. Finalmente, Reggie anotó, aunque el balón golpeó el aro, giró alrededor y se coló de mala gana. Peño se inclinó hacia delante, exhausto. Algunos chicos consiguieron lanzar un hurra poco convencido, pero él apenas podía mantenerse en pie.

—Pausa para beber —dijo Rolabi, dirigiéndose al centro de la cancha—. Traed aquí vuestras botellas.

Peño se enderezó.

—Quizá deberíamos haber corrido unas cuantas veces fuera de temporada —murmuró.

—No más carreras —dijo John el Grande—. Por favor, más no.

Peño se unió al resto del equipo, que se había sentado en círculo alrededor de Rolabi Wizenard. Estiró las piernas como si fueran espaguetis demasiado cocidos y suspiró de alivio, apoyándose en una mano. Rolabi rebuscó un momento en su maletín y sacó una flor en un sencillo tiesto de arcilla. La colocó en el suelo, salió del círculo y luego la miró arrobado.

Peño pasó la vista de la flor a él, confuso.

—¿Qué vamos a hacer con la flor? —preguntó.

—¿No es evidente? —contestó Rolabi.

Peño volvió a mirar la flor. Trató de que se le ocurriera algo, pero no lo consiguió.

—No.

—Vamos a verla crecer.

Peño frunció el ceño. ¿Ver crecer una «flor»? Las flores no crecían en el Bottom y punto. El suelo estaba envenenado y allí no había nada que ver crecer. Su madre tenía un pequeño jardín de hierbas aromáticas en una caja con tierra en el porche trasero. Cuidaba meticulosamente los brotes verdes, pero la lluvia contenía venenos; incluso la resistente menta se marchitó después de una temporada y no volvió a crecer.

—Algunas cosas necesitan que el mundo entero cambie —dijo, arrojando las plantas muertas a una bolsa de basura.

Peño nunca había sabido qué pensar de aquello. Siempre le había parecido enormemente triste..., una señal de que estaba atrapado en aquel mundo en el que le había tocado vivir. Que todos estaban atrapados en un mundo roto.

Pero ¿puede cambiar el mundo una persona?

Peño echó una mirada a Rolabi, sopesándolo. ¿Era eso lo que había querido decir su madre?

Peño miró de nuevo a la flor, tratando de concentrarse. Pero estar sentado inmóvil, aunque fuera solo unos minutos, no era tarea fácil. En casa siempre tenía algo que hacer: la colada, la cena, preparar las mochilas para el colegio, hacer la lista de la compra, limpiar el polvo. «Odiaba» no hacer nada. Inspiró profundamente, se estiró, se sintió aburrido de nuevo y trató de pensar en unas cuantas rimas para más tarde.

Esperamos que una flor se abra.
Un entrenador que está como una cabra
sentado con los Badgers.
Vamos a... ¡Ay!

Los minutos pasaban como horas. Peño empezó a escuchar el tictac del reloj y su respiración ligera. Parecían haber entrado en un ritmo monótono. Quería correr. Gritar, Reír. ¿No era para eso para lo que estaba allí? Había tanto silencio. Tanta tranquilidad. No podía soportarlo un minuto más. Le picaban las manos. Estaba a punto de darse por vencido cuando Rolabi rompió el silencio.

—¿Qué parte del cuerpo se mueve antes? —preguntó Rolabi—. Si estáis defendiendo a alguien que se está acercando, ¿qué parte de su cuerpo se moverá antes?

—¿Los pies? —dijo Peño automáticamente. Sintió alivio al poder decir «cualquier» cosa.

—Los pies son engañosos —repuso Rolabi—. Y nunca los primeros.

Peño hundió la cabeza entre los hombros. Ya lo sabía. No había pensado antes de hablar..., igual que no pensaba antes de lanzar. ¿Por qué lo hacía? ¿Por qué siempre tenía la sensación de que no «planeaba» nada?

—Lo primero que se mueve es la mente. El jugador oponente debe decidir qué va a hacer —dijo Rolabi.

Peño soltó una risa burlona.

—¿Se supone que debemos leerle la mente?

—Eso sería útil. No. Se supone que debéis «entender» su mente.

—No lo pillo —dijo Peño.

—Cuando sepas lo que tu oponente va a hacer, lo vencerás.

Peño sintió que se estaba enfadando. ¿Por qué tenía que hablar siempre Rolabi con acertijos?

—¿Y cómo lo adivinamos? —preguntó.

—Es sencillo. Tienes que ver más. Y para eso, necesitas más tiempo.

—¿Y cómo se supone que conseguiremos más tiempo? —preguntó Rain.

Rolabi recogió la margarita y la metió de nuevo en su maletín.

—Observando cómo crece la flor. Guardad las botellas de agua. Hoy tendremos un ejercicio más.

Peño se frotó la frente, exasperado. Tenía la sensación de que su mente había corrido tanto como sus pies. La gente no hablaba así. No miraba flores ni trataba de hacer que el tiempo pasara más lento.

Quizás ese sea el problema.

«¿No puede hablar en voz alta como una persona normal?», pensó Peño, amargado.

Rolabi colocó un circuito de obstáculo y el equipo formó una fila. Parecía bastante sencillo.

Entonces la mano de Peño desapareció. Se miró la muñeca, que ahora acababa lisa como un tablero.

—¿Qué...? ¿Dónde...? Pero ¿cómo puede...? —murmuró Peño, tocándose el carnoso muñón.

No había dolor alguno, ninguna sensación. Era como si nunca hubiera tenido mano derecha.

¿Has tenido alguna vez mano izquierda?

—¿Qué es esto? —dijo John el Grande.

—Un ejercicio de equilibrio —contestó Rolabi—. Continuad.

Lab salió corriendo de la fila. Peño reconoció su expresión: mejillas moteadas, cejas formando una V, manos temblorosas. Había vuelto a perder los nervios. Pero ¿por qué? Lab seguía teniendo las dos manos.

—¡No! —gritó Lab—. ¡Esto es demasiado! Todo lo demás…, bueno…, pero ¡esto es una barbaridad! —Se acercó en tromba al banquillo y luego volvió—. ¡Devuélvame mi mano, maldito lunático!

Peño no podía entender de qué estaba hablando. Las dos manos de Lab estaban allí, firmemente unidas a los brazos.

—Si alguien abandona el entrenamiento sin una causa válida, saldrá del equipo —dijo Rolabi tranquilamente, pero con determinación.

Lab se volvió hacia Peño. Vio miedo en la cara de su hermano pequeño. Quería consolarlo, ser el hermano mayor. Pero Lab seguía teniendo su mano derecha… De hecho, Peño no entendía por qué estaban todos tan molestos. Él era el único que había perdido la mano.

—Puedo ver tu mano —dijo Peño, señalándola con la izquierda—. Está ahí.

Lab levantó incrédulo el brazo derecho.

—No, no está. ¡Soy el único que la ha perdido!

«No es más que una ilusión —comprendió Peño—. No podemos ver nuestras propias manos.»

Trató de calmarse. Volvía a ser la magia… o la grana, o como Rolabi la hubiera llamado. No era diferente de las visiones o de los suelos cambiantes. Trató de dejar de agarrarse la muñeca.

Lab negó con la cabeza.

—No es posible.

—La posibilidad es algo notablemente subjetivo —replicó Rolabi—. ¿Empezamos?

Lab se volvió hacia su hermano de nuevo, buscando apoyo.

—Ven a jugar —dijo Peño.

Lab frunció el ceño y se unió al equipo, temblando. Rain estaba el primero de la fila: cogió un balón con la mano izquierda y lo botó, para probar. Con una última mirada enfadada a Rolabi, Rain inició el circuito de obstáculos con una bandeja. Solo hicieron falta treinta segundos para que empezara el caos.

Peño sabía que su mano izquierda no era tan hábil como la derecha, pero ahora se dio cuenta de que era totalmente «inútil». Falló su bandeja, perdió el balón varias veces entre los conos, se dio de frente contra un poste, falló el pase hacia el aro vertical por tres metros (golpeando a un molesto A-Wall en la espalda) y después lanzó su tiro con una sola mano. Cuando fue a pasar la pelota a la parte delantera de la fila, también falló y mandó a Twig a perseguirla hasta las gradas.

Se quedó mirando disgustado a su mano izquierda. ¿Cómo podía haber ignorado una de sus manos?

De pronto, el gimnasio quedó en silencio. Una sensación apareció en su muñeca y se dio cuenta de que había recuperado la mano derecha. Aliviado, buscó a Lab. Pero Fairwood estaba vacío.

Peño suspiró.

—Otra vez no.

Un ruido rompió el silencio: el sordo y amenazador rugido de una lejana tormenta. Un segundo más tarde, se abrieron de golpe las puertas del gimnasio y entró agua por la abertura, espumeando y agitándose como un río que hubiera roto sus diques. Llegó a los pies de Peño y rápidamente llenó el gimnasio. El chico se dio la vuelta, presa del pánico.

—¡Socorro! —gritó, pero el agua seguía avanzando, más arriba de sus tobillos—. ¿Rolabi?

Trató de avanzar a contracorriente y escapar por las puertas delanteras, pero el agua ya le llegaba por la barriga. Sintió un cambio en la corriente, miró hacia atrás y vio que una segunda puerta se había abierto en la parte trasera del gimnasio. El agua salía hacia atrás.

Frunció el ceño. Había algo allí: pasaban imágenes, aparecían como fotos en la oscuridad, y luego volvían a desaparecer. Su casa, su cama, su barrio. Cosas familiares y confortables.

Mientras iba a la deriva hacia la puerta, Peño miró por encima de su hombro a las puertas delanteras. Allí también vio imágenes. Él mismo con un trofeo negro de granito, un callejón oscuro, tiros que subían hacia arriba, que salían desviados, que se convertían en canasta. Todo parpadeaba como un rollo de película. El agua subió. Vio de nuevo el trofeo.

—Es fácil ir con la corriente —dijo una voz familiar.

Peño sintió que el agua se agitaba, arrastrándolo hacia la puerta trasera. Luchó por guardar pie y vio a Rolabi cerca, con el agua fluyendo alrededor de su torso gigante y cerrándose tras su espalda.

—Es la elección más fácil —dijo Rolabi—. El agua siempre sigue el camino de la resistencia menor. A menudo, hacemos lo mismo.

—¿Qué está pasando? —gritó Peño, con el agua llegándole al cuello.

—¿Puedes ver la incertidumbre que tienes por delante?

—¡Sí! —gritó, manteniendo la boca fuera del agua.

Nunca había nadado y no tenía ni idea de cómo hacerlo. Se limitaba a palmotear, agitar los brazos y patalear.

—Gloria y dolor. Ambos o uno solo. ¿Quieres tomar ese camino? No será fácil.

Peño empujó los labios hacia arriba, luchando por respirar.

—¡Quiero!

—Entonces tómalo. Nada.

La corriente levantó los pies de Peño del suelo. El agua estaba demasiado alta para que pudiera hacer pie. Manoteó hacia delante, empujando con los brazos para luchar contra la corriente. Pateó y movió los brazos como loco. Los brazos pronto le ardieron. Las piernas también. No podía hacerlo. No era lo bastante fuerte. Se dejó llevar.

El agua rugiente tomó el control de los miembros de Peño. La puerta trasera se lo tragó.

Entonces se vio solo de nuevo, de pie en el centro de la cancha. El río había desaparecido y el suelo ni siquiera estaba húmedo.

—Creí que habías dicho que lo querías —dijo Rolabi.

Peño se inclinó hacia delante, con las manos en las rodillas.

—Fue… demasiado difícil.

—Y ahora sabes por qué descuidaste tu mano izquierda. Es fácil seguir el camino de la menor resistencia. Incluso en las pequeñas decisiones de cada día. La gente usa su mano más fuerte porque es más fácil.

Dejan que el agua los lleve, en todas las cosas. Muestra a tus compañeros el camino más difícil. Empújalos.

—¿Cómo? —consiguió decir.

Rolabi sonrió.

—Empieza por ti.

El equipo reapareció, todos encogidos y jadeantes. Peño miró a su alrededor y vio que el circuito de obstáculos había desaparecido. Rolabi estaba caminando tranquilamente hacia una sólida pared cercana de bloques de cemento.

—Sabe que ahí no hay ninguna puerta, ¿verdad? —murmuró Peño.

El chico parpadeó cuando las luces lanzaron un resplandor blanco cegador y después se apagaron, dejando al equipo en la oscuridad. Una ráfaga de viento rugió al entrar en el gimnasio, procedente de ninguna parte. Antes de que pudiera moverse, el viento cesó, las luces del techo se encendieron de nuevo y Rolabi había desaparecido. Peño se quedó mirando hacia la pared.

Lab tenía razón. Era demasiado. Casi se había ahogado y había perdido una mano, y quién sabía qué más estaba aún por venir. ¿Quién era Rolabi para decirle que había tomado el camino más fácil? ¿Qué sabía de la vida familiar de Peño? ¿Quién era para decirle que era un derrotista? No había visto a Peño levantado cada noche y madrugando cada mañana. No lo había visto envolviendo bocadillos para meterlos en la fiambrera de su padre mientras este dormía en el sofá. No lo había visto lavando uniformes a mano. Se enfureció. Peño no necesitaba pruebas. No se podía dudar de él.

Quizá fuese el momento de deshacerse de Rolabi. Freddy aún podía echarlo.

Y solo había un jugador que pudiera hacer esa llamada.

—Vale —dijo—. Creo que quizá deberíamos hablar con Freddy. ¿Rain?

Rain también estaba mirando a la pared. Asintió.

—Es hora de echar a Rolabi.

—Al fin —dijo Vin.

—Acaba de empezar —dijo Reggie.

Peño caminó hasta el banquillo, ignorando las discusiones que surgieron a continuación. Estaba agotado. El baño le había parecido tan real..., los miembros latiéndole y el agua helada. Una pequeña parte de él sabía por qué estaba molesto. Había abandonado muy «fácilmente». Había dejado que lo llevara la corriente.

Se suponía que era el fuerte. El que sacaba adelante a la familia. En quien Lab podía confiar. Pero ¿estaba siendo realmente fuerte? ¿O estaba pretendiendo que todo estaba bien porque era más fácil que admitir la verdad? Se quedó mirando sus manos: la izquierda, débil y poco coordinada; y la derecha, desaparecida.

Empieza contigo mismo.

La mano izquierda le estaba temblando.

Hay distintas formas de ser un líder.

«¡Déjeme en paz!», pensó Peño.

Algunos empiezan por permitirse a sí mismos ser vulnerables.

4

LA LUCHA

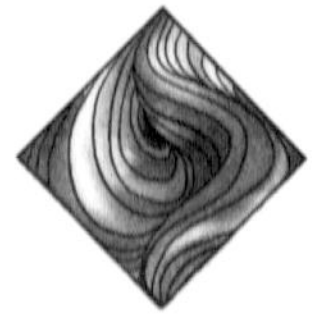

Si te elevas por encima del conflicto,
puedes ver quién necesita tu ayuda

PROVERBIO 20 WIZENARD

La mañana siguiente, Peño metió lentamente el cabo del cordón de su zapatilla por la lazada, moviéndose a un ritmo casi glacial. Nunca se había dado cuenta de que atarse un cordón con una sola mano podía ser de lo más difícil. De hecho, parecía ser casi imposible. Había conseguido pasar un cordón y estaba preparándose para apretar la lazada cuando Lab, que se había pasado la noche entera quejándose de su mano, decidió empezar de nuevo.

—Ahora mismo, no me gustas —dijo Lab.

El cordón se deslizó de entre los dedos de Peño, que suspiró.

—Hoy las recuperaremos.

Cogió de nuevo los cordones. No es que le encantara haber perdido la mano, pero, después de su horror inicial, sabía que allí había algo que aprender. Ahora que se veía obligado a usar la izquierda, se daba cuenta de que la cosa no iba solo de baloncesto. Comer, bañarse, cepillarse los dientes: todo era arduo y difícil. ¿Cómo iba a poder jugar con la izquierda si no era capaz de cepillarse los dientes con ella? Era algo muy sencillo; sin embargo, nunca había pensado en ello.

Pero su hermano gimoteó. Dejaba caer las cosas, casi a propósito, y se quejó a su confuso y muy cansado padre. Era un fastidio.

Peño se estaba empezando a hartar de la actitud de Lab en general. Sombrío, cínico, deprimido. Parecía que iba empeorando con cada semana que pasaba. Ambos habían perdido a su madre. ¿Por qué no podía rehacerse Lab?

La lazada volvió a deslizarse de la mano izquierda de Peño. Suspiró y se reclinó hacia atrás, pensando en Rolabi. Había sugerido que lo echaran. Y, en ese momento, le había parecido buena idea, pero ahora… no estaba tan seguro. Se daba cuenta de que no era cuestión de la mano, ni del río, ni de nada de todo eso. Aquellas eran piezas de una lección más importante. Rolabi les estaba enseñando que se habían pasado la vida limitándose a sí mismos.

Había algo en todo aquello que le estaba molestando. Algo más profundo que no acababa de localizar.

—¿Cómo es que estás de acuerdo con esto? —preguntó Lab bruscamente.

Peño se volvió hacia él.

—¿Qué quieres que haga yo, Lab? Es magia.

—Se supone que la magia no existe, ¿recuerdas?

—Bueno, pues existe. Y creo que está bien, aparte de lo de perder las manos. ¿Tú no?

—Pareces un niño pequeño.

El mal humor de Peño finalmente estalló. A pesar de su mote, no solía enfadarse. Se consideraba a sí mismo el hermano más equilibrado. Bueno, casi siempre.

—Y tú pareces un viejo quejica —soltó—. Lo único que haces es quejarte. Te quejas hasta por levantarte. Andas por ahí en casa. No comes lo que preparo. No vienes a jugar a Hyde nunca, y rara vez quieres jugar al baloncesto. ¿Qué demonios te pasa?

Lab se encogió como si lo hubieran abofeteado. Durante un momento horrible, Peño pensó que su hermano iba a ponerse a llorar. Empezó a preparar una disculpa. Pero el furor de Lab se puso a la altura del de Peño.

—¡No me pasa nada! —contestó—. Lo único que sucede es que mi hermano mayor es idiota. Un estúpido sabelotodo..., ¡idiota! ¡No te me acerques!

—¡No hay problema! —dijo Peño, apartándose en el banquillo.

Solo Reggie, Twig y Devon estaban en el gimnasio. Si habían oído la discusión, habían hecho como si no. Peño volvió a centrarse en sus zapatillas, con las mejillas ardiendo. No tendría que haber dicho nada. Pero es que era cierto: estaba harto de ver a Lab arrastrándose por casa. Estaba cansado de no poder apenas sacarlo de la cama por las mañanas. Echaba de menos a Lab, su auténtico hermano, aquel con el que había crecido. Dejó de ocuparse de los cordones durante un segundo, pensando en aquello. Era eso: echaba de menos a su hermano. Pero ¿cómo era eso posible?

Ahora estás haciéndote preguntas de líder.

«No soy un líder», pensó enfadado.

No hasta que empieces a nadar a contracorriente.

«¡Deje de molestarme!», pensó.

Peño acabó de ocuparse de los cordones, atándoselos de cualquier manera, y se fue a lanzar tiros. Normalmente, eso le aclaraba las ideas, pero no aquel día. No pudo anotar una sola canasta. Ni un triple ni un tiro libre; ni siquiera una bandeja. Su mano izquierda era como un bloque de cemento.

Pronto se sentó de nuevo, pensando en la actitud de Lab y en su ineptitud con la mano izquierda. No dejó de percibir la ironía, por supuesto. Así pues, cada vez que Lab lo miraba, él trataba de forzar una sonrisa. Lab se limitaba a mirarlo enfadado.

Rain y Freddy llegaron los últimos. Peño se dio cuenta de que Freddy estaba nervioso: tenía las manos metidas en los bolsillos y arrastraba los pies como si fuese de camino al despacho del director. Peño había pedido aquello, y allí estaba.

Pero ¿lo había pensado bien en realidad?

Se miró la mano que le faltaba. ¿Estaba dejando que lo llevara la corriente de nuevo?

—Buenos días, equipo. ¿Cómo estamos? —dijo Freddy.

—Mal —respondió Jerome, señalando su mano derecha..., colocada sobre el regazo.

Freddy siguió la mirada de Jerome, claramente confuso.

—Bueno... —dijo.

Peño se dio cuenta de que Lab tenía los ojos vidriosos. Había dejado de intentar atarse los zapatos y miraba fijamente la pared más lejana. Peño chasqueó los dedos ante sus ojos. Nada. Siguió la mirada de Lab hasta la pared y, por un momento, vio algo: luces y sombras que se movían. Las formas se movían de manera fluida, como reflejos sobre agua. Bizqueó tratando de entender lo que estaba viendo. El movimiento tenía casi un efecto caleidoscópico en la pared. Peño se desentendió de la conversación, maravillado.

—¿Estabas en alguno de esos equipos, Frederick?

Peño se sobresaltó y se dio la vuelta. Rolabi estaba mirando a los banderines.

—¿Qué...? ¿Dónde...? —dijo Freddy débilmente.

—Supongo que eras demasiado joven —murmuró Rolabi—. Hace tanto tiempo...

Rolabi miró hacia el equipo y después se acercó a Freddy en tres enormes zancadas.

—¿Puedo ayudarte en algo? —le preguntó Rolabi.

Entonces agarró la mano de Freddy y se volvió hacia Peño. El gimnasio desapareció. Peño estaba de pie en la cenagosa orilla de un lago, situado en el fondo de un valle, rodeado por todos los lados por riscos y cumbres nevadas. Se inclinó y metió los dedos en el agua fresca; nunca había visto algo tan limpio en su vida. Pensó en la jardinera de su madre. Si hubiera tenido aquella agua, quizá las plantas habrían crecido.

Quizá también estaría aún allí.

—¿La ves? ¿La barca?

Peño alzó la vista. Había una barca de remos en el centro del lago. Estaba hecha de madera basta, pero no llevaba remos. Parecía que estuviera hundiéndose.

—Se hunde lentamente —dijo Rolabi, pensativo—. Casi imperceptiblemente, a menos que estés dentro.

Peño se enderezó, mirando a Rolabi.

—¿Freddy no...?

—¿... me va a echar? No. Me temo que tengo mucho trabajo que hacer.

—Oh. Lo siento.

—¿Estás molesto o aliviado? —preguntó Rolabi.

—Ambas cosas, supongo —murmuró Peño.

Lo invadió una inesperada oleada de incomodidad. No porque hubiera querido que Rolabi se marchase, sino por «la razón» por la que había querido que se marchase. Porque estaba asustado. Se quedó mirando la barca que se hundía, avergonzado.

—La sinceridad es el primer paso para superar nuestros miedos —dijo Rolabi, complacido.

Peño advirtió un atisbo de movimiento.

—Hay alguien en esa barca.

—Sí.

—¿Quién?

—Eso tienes que descubrirlo tú mismo —dijo Rolabi—. Pero date prisa.

Fairwood tomó forma de nuevo alrededor de Peño, que vio cómo se cerraban de golpe las puertas delanteras. Freddy se había ido y el equipo estaba reunido alrededor de Rolabi, con aspecto incómodo. Lab parecía haber espabilado.

Peño estaba confuso. ¿Qué se había perdido? ¿Había despedido Rolabi a Freddy? ¿Quién iba en la barca?

—Hoy trabajaremos la defensa —dijo Rolabi—. Antes de que pueda enseñaros las posiciones correctas y ciertas estrategias, tengo que enseñaros cómo defender. No son las mismas lecciones.

Peño seguía pensando en lo que había querido decir Rolabi cuando oyó un ruido de arañazos. Había percibido ese ruido antes: Fairwood estaba infestado de ratones. También en casa había; eran de los pocos animales que sobrevivían en el Bottom. A Peño le caían bien y les dejaba migas casi todas las noches. Pero esto no era un ratón. Los arañazos eran muy potentes, como una sierra cortando acero.

—¿Qué debe hacer siempre un buen defensor? —preguntó Rolabi, ignorando los arañazos.

—Hummm... —dijo Peño, mirando aún a su alrededor—. Tiene que... Espere, ¿cuál era la pregunta?

—¿Qué debe hacer siempre un buen defensor?

—Bueno... —dijo Peño, hablando sin pensar—. Hummm..., ¿estar en su puesto?

Los arañazos eran cada vez más fuertes.

—Idealmente —dijo Rolabi—. Pero antes de eso.

Peño tenía los músculos en alerta. Los arañazos eran tan sonoros que era difícil centrarse en cualquier otra cosa.

—Debe estar preparado —dijo Rolabi—. Siempre ha de estar preparado. Un buen defensor debe ir un paso por delante de sus rivales. Tiene que pensar por delante de los demás y organizar una estrategia acorde. Ha de estar siempre listo para moverse.

Los arañazos alcanzaron un volumen tremendo.

—¿Qué es ese ruido? —preguntó Rain.

—¿Puede alguien abrir la puerta del vestuario? —dijo tranquilamente Rolabi.

Peño giró en redondo. Los arañazos venían del interior del vestuario.

—¿Qué hay ahí? —murmuró.

—Un amigo —dijo Rolabi.

Twig se dirigió de pronto hacia la puerta del vestuario.

—¿Qué estás haciendo? —siseó Peño.

—Quiero ver lo que es —dijo Twig. Dudó, hizo una inspiración profunda y abrió la puerta.

—Estupendo —susurró Peño.

Una enorme tigresa entró en el gimnasio. Por impresionante que fuera, Peño sabía de ellos lo suficiente como para meterse detrás de A-Wall, usándolo como escudo humano. John el Grande ganó a Peño: corrió hasta el otro extremo de la cancha, gimiendo mientras corría. Pero a la tigresa no pareció importarle. Pasó andando junto al equipo y se sentó al lado de Rolabi. Sus grandes ojos violeta y oro pasaron de los jugadores al entrenador. Peño hubiera jurado que la criatura le había sonreído.

—Os presento a Kallo —dijo Rolabi. Pasó una mano por su espesa piel y ella ronroneó como un enorme gato doméstico—. Se ha ofrecido amablemente a ayudarnos hoy.

—Es un... Es un... —estaba diciendo A-Wall.

—Un tigre —soltó Peño—. Extinguidos hace mucho tiempo. Bueno, se supone. Uno de los predadores más perfectos de la naturaleza. Predadores emboscados: pueden acechar a su presa y saltar sobre ella a diez metros.

—Perfecto —murmuró A-Wall.

—Rain —dijo Rolabi—. Adelántate.

Peño se volvió hacia Rain, alarmado. ¿Iba Rolabi a dárselo de comer a la tigresa? ¿Culpaba a Rain por haber tratado de que lo echaran? Peño se mordió las uñas. Técnicamente, había sido idea suya. ¿Debería decirlo?

Rain hizo una pausa.

—¿Sí?

Rolabi abrió su maletín y sacó una pelota con la ahora familiar W azul y blanca en un lado. La hizo rodar hasta el centro de la cancha, donde se detuvo justo en el punto negro.

—No me gusta adónde está yendo esto —dijo Peño.

—Comida de tigres —dijo tristemente Vin.

—El ejercicio es fácil —dijo Rolabi—. Coge el balón. Kallo te defenderá. Haremos turnos y saldremos uno cada vez. Quiero que todo el mundo observe y tome nota de lo que pasa.

Rain lo miró, incrédulo.

—¿Qué? Yo no me voy a acercar a esa cosa.

Los ojos de Kallo relucieron con reproche. Peño dio otro paso involuntario hacia atrás.

—Quizá sea mejor que no lo llames «cosa» —sugirió.

Kallo caminó hacia delante y hacia atrás, mostrando su intimidante musculatura. Se movía con una gracia sedosa; daba cada paso en silencio sobre el parqué.

«Sí, el tigre va a matar a Rain», pensó Peño.

Estaba claro que Rain pensaba lo mismo.

—Vale, ya lo entiendo —musitó—. Siento que hayamos pedido a Freddy que le echara.

—¿Hayamos? —dijo Reggie.

—Esto no es un castigo —contestó Rolabi—. Es un ejercicio. Ahora coge el balón.

—Pero… —empezó a decir Rain.

—Para ser un buen defensor, hay que ser como un tigre. El primero que consiga la pelota recupera la mano.

Peño miró a Rolabi. Le había dicho que se ganara su mano de nuevo. Peño inspiró profundamente y trató de reunir todo su valor. Quizás esta fuera su oportunidad.

Rain estaba de pie frente la tigresa, claramente atrapado entre dos sentimientos: parecer un cobarde o enfrentarse a un posible ataque y a la muerte. Peño imaginó que sería una elección fácil, pero Rain era orgulloso, y Rolabi ya había dejado claro que cualquiera que dejara el campamento de entrenamiento no seguiría en el equipo. No parecía ser el tipo de persona que amenazara por amenazar. Y eso era un problema.

No habría Badgers sin Rain. Si se marchaba, el equipo probablemente abandonaría. Peño se estremeció ante la idea de una vida sin baloncesto. ¿Sería capaz de entrar en otro equipo? ¿Lo aceptarían los Bandits del East Bottom? La idea de unirse a su archienemigo le puso la piel de gallina. ¿Tendría que apoyar a Lio?

«Hazlo, Rain —pensó Peño—. Coge la pelota.»

Casi como si lo hubiera oído, Rain avanzó. Fue rápido, pero Kallo lo era más. En un destello naranja, se colocó encima de él con las enormes patas apoyadas en cada hombro. Rain no se movió, y una oleada de culpabilidad y pánico recorrió a Peño.

—¡Lo ha matado! —chilló con una voz mucho más aguda de lo que pretendía.

—Estoy bien —murmuró Rain, poniéndose de pie—. No me ha hecho daño.

Peño se dejó caer de alivio.

—Menudo chillido —dijo A-Wall.

—Cállate.

—Devon —dijo Rolabi.

A Peño le tocó salir el cuarto. Rain, Devon y Vin parecían haber sobrevivido a sus intentos sin heridas. Así pues, se adelantó, sudando profusamente. Kallo lo miró como si fuera una deliciosa gacela bebiendo pacíficamente junto a un río. Peño se sintió así durante un momento.

—Por favor, no me comas —susurró—. Debo de saber fatal. Me gusta la comida picante.

Kallo se limitó a sonreír, enseñando sus largos colmillos.

—No eres de mucha ayuda —dijo Peño. Dio unos saltitos tratando de animarse—. Consigue la pelota, consigue la mano —dijo—. Está tirado. No hay problema. Lo he pillado. Es cosa mía. El…

—¡Venga! —gruñó Vin.

Peño intentó una finta doble (derecha, izquierda, derecha), pero no engañó a Kallo. Sintió que algo chocaba con él y pronto se vio contemplando un horrible montón de dientes. Cerró los ojos, pero lo único que sintió fue una lengua lamiéndole la cara, áspera y picante. Luego Kallo se alejó.

—¿Estoy muerto? —susurró.

—Todavía no —respondió Rolabi, lo cual no le sirvió de gran consuelo.

Su hermano fue el siguiente; cuando Lab consiguió su victorioso lametón en la frente, Peño rio ante su evidente asco. Le estaba bien merecido por haber estado de tan malhumor últimamente.

—Como si tú lo hubieras hecho mejor —se burló Lab.

—Lo hice —repuso Peño—. Y luego no me quedé temblando como una hoja.

—Las hojas no tiemblan —dijo Lab, cruzándose de brazos.

Peño gruñó.

—Es una frase hecha.

—Tú eres una frase hecha —soltó Lab.

—Madura.

—¿Para qué, para ser un fracasado como tú? —dijo Lab.

—Soy literalmente un año mayor que tú.

—Y tres años peor con el balón —replicó Lab.

Aquello le dolió. Peño le echó una mirada lúgubre y se dio la vuelta, sintiendo que le ardían las mejillas. Podían bromear sobre esas cosas, pero era diferente si Lab las decía en serio. Especialmente, porque era verdad. Lab era una promesa mejor. Peño podía hablar del juego, pero Lab era más alto, más atlético y lanzaba mejor jugando en el siguiente nivel. Peño se enfrentaba a mayores retos, y ese hecho lo mantenía despierto por las noches.

Kallo siguió venciendo a los Badgers, uno por uno. Cuando le tocó el turno a John el Grande, él negó con la cabeza. A pesar de los ánimos del equipo, se cruzó de brazos y se negó. Entonces Twig decidió intervenir, lo cual fue una mala idea.

—Solo trato de ayudar —dijo Twig.

Peño se frotó la frente. ¿Ahora Twig había decidido hablar? Vio cómo John el Grande se tensaba; su mano izquierda se había cerrado en un puño y le subía y bajaba el pecho. Había conflicto en el aire.

—Tranquilo, tío —dijo Peño—. Estáis en el mismo equipo, chicos, ¿os acordáis?

—¿Te crees que ahora eres un tipo duro o qué? —preguntó John el Grande.

—No quería decir nada en particular —dijo Twig—. Supuse que te vendría bien una mano.

Eso fue la gota que colmó el vaso. John el Grande empujó a Twig y lo mandó vacilando hacia atrás. John el Grande avanzó, con la clara intención de hacerlo papilla. Peño se quedó helado un momento. Era el jugador más bajo del equipo y probablemente el peor equipado para meterse en la discusión. Pero Rolabi le había dicho que ayudara a los demás jugadores, y sospechaba que el hecho de que Twig se convirtiera en puré no era lo que tenía en la cabeza. Así pues, inspiró y se lanzó contra la espalda de John el Grande, rodeándolo con sus brazos y piernas como si fueran cadenas. Cerró los ojos cuando John el Grande siguió andando, retorciéndose para librarse de él.

—¡Para, tío! —gritó Peño.

A-Wall y Jerome agarraron cada uno un brazo de John el Grande. Peño no hacía más que estar allí colgado. La rabia de John el Grande hizo que se le sacudiera todo el cuerpo y lanzara saliva como si fuera un aspersor. Peño trató de agarrarse más fuerte, pero había quedado reducido a poco más que una mochila.

—¿Sabes adónde voy después del entrenamiento? —dijo John el Grande—. A trabajar. Tengo dos trabajos. Y, aun así, no puedo pagar las facturas. ¿Te has pasado alguna vez una semana a oscuras porque no podías pagar la luz?

Peño torció el gesto. Él tampoco lo sabía. La mayor parte de los chicos del equipo tenían que vérselas con la pobreza, pero creía que solo A-Wall estaba trabajando. Y, por muchos apuros que pasaran, su padre nunca había dejado de pagar la luz. Pensaba que Lab y él lo pasaban tan mal como cualquiera. Quedaba claro que estaba equivocado.

—Yo... —dijo Twig.

—¡Esto es lo único que tengo! —gritó John el Grande—. ¡Y tú me lo quitas!

Parecía que John el Grande estaba llorando. Peño nunca lo había visto llorar.

—Freddy decidió quién empezaba —dijo Twig—. No es más que una cuestión de estrategia...

John el Grande se lanzó hacia delante. Peño supo que no podía detenerlo, ni siquiera con la ayuda de A-Wall y Jerome.

—¡Corre, Twig! —gritó.

John el Grande empezó a acortar distancias, con

Peño aún atado a él como una mochila, y A-Wall y Jerome agarrándole los brazos; luego, su avance se vio bruscamente interrumpido. Una mano enorme agarró el hombro de John el Grande y los levantó a los cuatro con la facilidad de una grúa industrial. A-Wall y Jerome se dejaron caer de inmediato, pero Peño estaba tan sorprendido que siguió agarrado, abriendo mucho los ojos mientras Rolabi hacía girar a John el Grande y a Peño para ponerlos frente a él.

—¿Sabes por qué estás enfadado? —preguntó Rolabi.

John el Grande luchó un momento, pero fue inútil.

—¿Lo sabes? —preguntó Rolabi.

—¡Porque se ha metido en mis asuntos! —respondió John el Grande.

—Porque estás asustado.

Dejó a John el Grande en el suelo y Peño saltó, aliviado. Se sacudió los hombros y sacó pecho, provocando unas cuantas risitas de los demás.

—Eres idiota —susurró Lab.

—¿Quieres decir un héroe? —dijo.

—El miedo alimenta la rabia y violencia —estaba diciendo Rolabi—. Ha escogido por ti. El miedo de no ser suficiente. Echas la culpa a quien no la tiene. Pero aprecio la honestidad. Perdonaré la violencia «una vez».

—No tengo nada que hacer aquí —soltó John el Grande entre dientes—. He acabado con este estúpido entrenamiento.

—Ya conoces las consecuencias.

John el Grande se fue a recoger su bolsa.

—No me importa.

—Diez minutos en el vestuario.

John el Grande vaciló y miró hacia Rolabi.

—¿Qué?

—Vete a mirar tu reflejo durante diez minutos. Y pregúntate a ti mismo con cuidado. Luego, decide.

Durante un momento, pareció que John el Grande iba a protestar. Luego se marchó en tromba al vestuario y cerró la puerta con tanta fuerza que las paredes se estremecieron. La puerta estaba teniendo un mal día.

Peño se la quedó mirando un instante, ignorando las conversaciones a su alrededor. La verdad es que no sabía lo de los dos trabajos, ni lo de la luz, ni nada sobre John el Grande. Suponía que era un fanfarrón. Pero se le había quebrado la voz. Había sentido sus temblores mientras se agarraba a su cuerpo. Había dicho: «Tú me lo quitas». Peño sintió una punzada de empatía. Por supuesto. John el Grande procedía del peor barrio del Bottom. Su familia estaba arruinada. Obviamente, pensaba que podía sacar a su familia del Bottom con el balón, y entonces llegó Twig y le arrebató su puesto de titular. Por eso lo odiaba. Peño se frotó la frente. ¿Qué más se había perdido?

Sigue rompiendo la pared.

Peño miró hacia abajo. Había recuperado la mano;

la apretó contra su pecho. El gimnasio se llenó de hurras. Se volvió y chocó los cinco con Vin antes de abrazar a su mano de nuevo.

—Mano derecha, manita —dijo—. No vuelvas a abandonarme nunca.

—¿Por qué no pudisteis vencer su defensa? —preguntó Rolabi al equipo.

—Porque es una tigresa —murmuró Peño. Flexionó los dedos y su mirada se cruzó con la de Lab al otro lado del grupo.

Lab apartó la vista inmediatamente.

Rolabi dijo algo sobre los reflejos y dio un manotazo a un grano en la frente de Twig.

—Los reflejos son naturales —dijo Peño—. Se nace con ellos.

—También nacemos con piernas, pero tenemos que aprender a correr —repuso Rolabi. Volviéndose hacia él—. Nuestros reflejos pueden perfeccionarse. Son una conexión directa e inconsciente con nuestro cerebro. Una mezcla de nervios, conciencia y «estado de alerta». Entrenadlos. El entrenamiento le dice a nuestro cerebro que esté preparado.

—Mi cerebro siempre está preparado —dijo Peño—. Me preocupa más el de ellos. —Señaló hacia sus compañeros.

Vio vagamente el dedo de Rolabi moverse antes de que un segundo grano rebotara entre sus propios ojos.

Peño se detuvo un momento.

—Me gustaría retractarme de mi declaración.

—¿Qué es eso? —dijo de pronto Jerome.

Peño siguió su mirada y se puso rígido. Se le heló la sangre. Una bola negra estaba flotando en medio del gimnasio. No dejaba de moverse mientras la miraba, como un globo de aceite suspendido en el agua.

—¿Qué..., qué es? —murmuró Peño.

—Es algo que todos querréis atrapar —dijo Rolabi—. No, es algo que todos «debéis» atrapar. El que lo atrape se convertirá en un jugador mucho mejor. Pero no durará eternamente. Y si nadie lo atrapa, daremos vueltas a la cancha. —Señaló el globo con la cabeza—. ¡Adelante!

Peño se unió a la persecución. El globo pasó entre los jugadores, siempre fuera de su alcance. Peño lo tuvo casi en la mano por dos veces, y las dos veces se le escapó antes de que pudiera cerrar los dedos sobre él. Mientras peleaban, tropezaban y gritaban de frustración, Kallo saltó como un misil y se lo tragó entero, sonriendo de nuevo mientras se sentaba.

—Una auténtica defensora —dijo Rolabi—. Bebed un poco de agua. Vueltas y tiros libres.

Peño suspiró.

—Lo que más me gusta.

Empezaron de nuevo a dar vueltas; el suelo se movía con cada giro. Peño falló su tiro libre, sobresaltándose cuando una voz cruel dijo en su oído: «¿Recuerdas, Peño? ¿Lo que le pasó a aquel chico?». Siguieron corriendo durante cuarenta y cinco vueltas agotadoras, hasta que Twig anotó un tiro libre y dio fin al ejercicio.

Peño se inclinó hacia delante.

—Esto no tiene gracia —consiguió decir, con las manos en las rodillas.

—Por algo se empieza —dijo Rolabi.

—¿Se empieza? —preguntó incrédulo Lab—. Estoy a punto de que me dé algo.

—Mañana trabajaremos la defensa en equipo —dijo Rolabi—. Descansad esta noche.

Y con estas palabras, se dirigió a las puertas delanteras con Kallo.

Peño se quedó mirándolos, frunciendo el ceño.

—¿Se... va a llevar el tigre a casa?

Como de costumbre, Rolabi lo ignoró. Las puertas delanteras se abrieron, acompañadas por una ráfaga de helado viento invernal, y los dos salieron hacia la luz del sol. A Peño casi le pareció que iban hablando.

—La verdad es que debería aprender a despedirse —gruñó.

Se dirigió al banquillo y se sentó con un «plop» blando. Se sentía como una bayeta sucia. Mientras se desataba los cordones, felizmente con las dos manos, negó con la cabeza.

—Hoy hemos practicado con un tigre —dijo.

Jerome fue el primero en reír. La risa se extendió y pronto el equipo entero estaba partiéndose de risa, Peño incluido. Le dolían los costados. Su entrenamiento era tan ridículo, imposible y extraño que parecía que no podía hacer otra cosa. Miró a Lab, pero su hermano tenía el gesto torcido.

—Recita algo, Peño —dijo Jerome.

Peño se rascó el cuello, tratando de pensar.

«No uses la palabra Badgers», se recordó a sí mismo, y se lanzó a rimar.

Vinimos a jugar al balón,
pero eso no es toda la función.
Tenemos un entrenador que está loco,
no sabe que su equipo es poco,
John el Grande no quiere hacer el trabajo,
ahora está a punto de venirse abajo.
Tenemos tigres paseando por el lugar.
Twig es hoy el villano fatal.
Y aunque nunca pierde el porte,
Peño no quita ojo a la pared norte.

Acabó señalando hacia los banderines, mostrando músculo con su brazo libre, y el equipo rompió a reír.

Peño estaba guardando las zapatillas en la bolsa cuando su hermano se levantó y se dirigió a la puerta.

Peño se puso rígido. Durante sus años en el equipo, «nunca» se habían ido a casa por separado. Parecía impensable. Peño se quedó asombrado. Estaba claro que aquella no había sido una de sus peleas habituales.

Pero ¿por qué? ¿Porque Peño lo había llamado quejica? No tenía ningún sentido.

Al abrir las puertas, Lab miró hacia atrás. Peño no ocultó su disgusto, pero, aun así, su hermano salió. Las puertas se cerraron de golpe tras él. Peño se quedó allí sentado, muy preocupado. Por alguna razón, vio mentalmente el lago tranquilo y la pequeña barca que se hundía.

—¿Lab? —susurró.

5 LA FORMA DE PERDER

Si quieres tener éxito,
empieza por convertir tus debilidades en fuerzas.

PROVERBIO 11 WIZENARD

La mañana siguiente, Peño miró a su hermano, que iba caminando diez pasos por detrás con una expresión muy amarga en la cara. No se habían hablado desde el día anterior, cosa nada fácil, pues compartían un dormitorio diminuto. Peño había pensado en pedir disculpas, y recordó el barco. Pero era difícil, ya que Lab no hacía más que lanzarle miradas asesinas o hacer comentarios por lo bajo:

«... desaparecer no tiene gracia».

«... bonito bigote».

«... estilo libre..., espantoso..., roncó toda la noche...».

Peño había abandonado. No había despertado a

Lab como cada mañana desde hacía tres años. Y Lab casi no se despertó a tiempo para el entrenamiento. Se había perdido el desayuno y la corta ducha fría que el depósito de agua les permitía darse, y parecía agotado. Tenía el pelo revuelto y de punta.

«Es lo que se merece —pensó Peño—. Quizás así aprecie lo que hago por él.»

De algún modo, dudaba que eso fuera lo que Lab estaba pensando. Parecía más bien como si fuera a ponerle la zancadilla cuando no estuviera mirando.

Peño entró en el gimnasio y dejó que las puertas se cerraran tras él de pura frustración. Golpearon contra el marco suelto. Se dio cuenta de que Fairwood estaba vacío. Más o menos.

Había un castillo en medio de la cancha.

Era gris, como de piedra gastada, y lo rodeaban paredes de tres metros. En cada esquina se abría una rampa que conducía a un nivel abierto. Una rampa final llevaba desde ese nivel hasta una torre que había en el centro. Y allí, majestuosamente colocado en lo alto de la estructura, estaba el trofeo del campeonato nacional de la Elite Youth League. Peño se quedó rígido. Conocía bien aquel trofeo. Lo contemplaba en una foto todas las noches. Había arrancado la fotografía de una revista hacía unos años y aún la conservaba al lado de la cama.

—¿Qué es el baloncesto para ti, Peño?

Peño soltó un gemido y se dio la vuelta. Rolabi estaba de pie junto a las puertas.

—Tío…, me ha asustado. ¿Dónde está todo el mundo? ¿Por qué está aquí este castillo?

—¿Qué es el baloncesto para ti? —repitió Rolabi—. El deporte en sí. ¿Qué es para ti?

Peño alzó la mirada hacia él, pensando: «Lo es todo».

—¿Por qué?

—No…, no sé. Me encanta. Siempre me ha encantado.

—¿Cuál es tu parte favorita?

Peño se quedó pensando. Por alguna razón, sintió que su mirada se desviaba hacia el banquillo. Se dio cuenta de lo extraño y vacío que se veía sin sus compañeros. Ahí estaba la respuesta.

—La amistad —dijo en voz baja.

Rolabi siguió su mirada.

—Una estupenda razón. Recuérdaselo a tus compañeros si el camino cambia.

—¿Qué camino? —preguntó Peño, intrigado.

—El camino en el que te encuentras. Pero, si vas a caminar por él, debes encontrar tu fuerza.

—Soy fuerte —dijo Peño.

—No —repuso Rolabi—, estás olvidando lo que los más fuertes tienen que recordar.

—¿Qué?

—Qué a veces está bien ser débil.

Peño advirtió un movimiento con el rabillo del ojo y vio a Reggie.

—¿Dónde está mi hermano?

—Es el siguiente.

Peño negó con la cabeza y fue a unirse a Reggie. ¿De qué estaba hablando Rolabi esta vez? ¿Por qué iba a ser débil una persona fuerte? No tenía ningún sentido. Si bajaba la guardia, podría fallarle a su hermano, y a su padre, y a su madre desde donde quisiera que los estuviese observando. Tenía que ser fuerte siempre.

Como era de esperar, Lab entró enseguida. También habló con el profesor. Peño lo miró inquisitivo, pero su hermano se dio la vuelta. No tenía ni idea de por qué estaba tan enfadado. En cualquier caso, ¿por qué iba a tener que disculparse? Él era el hermano mayor. Lo hacía todo por Lab.

Cuando todo el equipo hubo llegado, Rolabi los convocó junto al castillo.

—Hoy trabajaremos la defensa en equipo.

—¿Como... la defensa zonal? —preguntó Peño con curiosidad, la mirada fija en el trofeo.

Era hermoso (de granito negro y bordeado de filos de oro) y medía casi un metro. Los nombres de los equipos del campeonato estaban grabados en los laterales. Ninguno decía: «West Bottom Badgers».

—A su debido tiempo —respondió—. Antes tenéis que aprender las bases fundamentales.

—¿Como asaltar un castillo? —preguntó Peño.

Rolabi levantó su maletín y, bruscamente, lo puso boca abajo. De él empezó a salir equipamiento: cascos y almohadillas. La mitad de los objetos eran rojos; la otra mitad, azules.

—Coged uno de cada, por favor —dijo Rolabi—. Apretad bien los cascos.

Peño recogió al azar un casco azul. Se dio cuenta de que Lab cogía rápidamente un casco rojo, mirándolo enfadado. Claramente, el juego había empezado. Peño agarró una almohadilla azul, manteniendo la mirada hosca de Lab. La almohadilla era pesada y rígida, y se imaginó a sí mismo machacando a su hermano pequeño.

«Quizá pueda meterle un poco de sentido común a golpes», pensó.

Su sonrisa se desvaneció cuando vio a Devon coger una almohadilla roja. Ahora el equipo rojo tenía a Devon, a A-Wall, a Reggie y a Vin; un equipo robusto, excepto Vin, e incluso este era más alto que Peño. Sin duda, superaban en tamaño al equipo azul: Rain y Jerome eran muy delgados. Twig era una auténtica ramita. Su único jugador imponente era John el Grande, pero tampoco él era precisamente una columna equilibrada. Dicho esto, ni Devon parecía deseoso de usar su fuerza durante los *scrimmages*. Peño esperaba que espabilase..., pero no ese día precisamente. Tenía decidido hablar de nuevo con el grandullón un poco más adelante.

—El juego es sencillo —dijo Rolabi—. Un equipo atacará el castillo y el otro lo defenderá. El equipo que consiga el trofeo en menos tiempo gana. El equipo perdedor dará vueltas a la pista mientras los ganadores lanzan a canasta.

—¿Cómo consiguió el trofeo del campeonato nacional? —preguntó Peño. Le cosquilleaban los dedos, ansioso por tocar el granito negro.

—Lo he pedido prestado —dijo Rolabi, como si la respuesta fuera evidente—. El equipo azul defenderá primero.

—Entonces..., o sea..., ¿nos empujamos unos a otros con estas almohadillas? —preguntó Lab—. ¿No ganará el equipo más fuerte, pase lo que pase?

—Una buena pregunta —dijo Rolabi, asintiendo—. Tenéis dos minutos para trazar un plan.

Rain los condujo hasta la rampa más cercana. Peño examinó la fortaleza mientras formaban un grupo apretado; las paredes eran altas y lisas, de modo que el único modo de alcanzar el trofeo era por las rampas.

Escuchó a Rain describiendo el plan, tratando de visionar el ejercicio.

—¿Qué pasa si empiezan a cambiarse de sitio y a mí me ataca Devon, o quien sea? —preguntó Peño.

Rain desechó la pregunta con un movimiento de la mano.

—Tendremos que hablar.

Peño asintió, aunque algo le molestaba.

—No me apetece correr alrededor de la cancha durante otras dos horas, así que vamos a ganar —dijo Rain.

Desde luego, a Peño le apetecía muy poco correr.

—¡A por ello, tíos!

Peño corrió por una de las rampas, cuadrando los hombros. Oyó pasos y vio que Rain estaba cerca. Parecía que iba a respaldarlo primero, probablemente porque Peño era el más bajo del equipo.

Vio a Lab y al equipo rojo de pie en una fila, enfrentándose a ellos como un ejército en avanzada.

—Va a ser una locura —dijo Peño—. Pero es fantástico.

—Sí —dijo Rain—. Estamos defendiendo un castillo.

—Si tuviéramos armaduras, esto sería auténtico —musitó Peño.

—¡Empezad! —dio Rolabi.

Peño gimió cuando la rampa que tenía bajo los pies se convirtió en auténtica madera que crujía. El suelo que había alrededor de la fortaleza se hundió y se llenó de agua, formando una especie de foso pantanoso. El parqué a los lados del foso se moldeó y se convirtió en cuatro puentes que conducían a cada rampa, que ahora estaban bordeadas por muros de auténtica piedra rugosa. Aparecieron banderas azules en lo alto de cada esquina, ondeando un viento inexistente, e incluso la ropa de Peño se convirtió en una brillante armadura de acero con borde azul. Se miró a sí mismo asombrado.

—Peño… —dijo Rain.

—Sí, ya lo veo —respondió Peño, atontado—. No podía haberme callado…

—¡Cargad! —gritó Lab, extendiendo el brazo como un general medieval.

El equipo rojo se dividió como se esperaba. Vin corrió de frente contra Peño y Rain, golpeando con sus botas de acero la madera del puente. Peño se agachó justo cuando Vin chocó con él. Se deslizó unos centímetros hacia atrás, pero mantuvo su posición, usando sus cortas piernas como puntales gemelos. Peño era bajo, pero también era fuerte, sobre todo las piernas. Y sabía que podía mantener a raya a Vin él solo.

—¡Buena suerte! —dijo Rain, pensando claramente lo mismo.

Vin entrecerró los ojos y empujó más fuerte. Los dos bases permanecieron pegados en un combate de fuerzas prácticamente idénticas. Peño miró por encima de su almohadilla, lanzando una sonrisa a Vin.

—No te voy a dejar pasar nunca, tío —dijo.

Vin sonrió burlón.

—Nunca digas nunca jamás.

Vin volvió a empujar hacia delante. Peño oía gritos a su alrededor, pero estaba centrado en defender su propia rampa. Solo esperaba que los demás estuvieran haciendo su trabajo. Se acercaron pasos. Peño alzó la vista para ver que Reggie cargaba a través del puente de madera, listo para unirse a Vin.

—Oh, oh —murmuró Peño.

Reggie empujó con fuerza la espalda de Vin y empezó a llevar a Peño rampa arriba.

—¡Tengo a dos! —gritó, luchando para detener el avance.

Sus botas de acero no agarraban bien; se deslizó hacia atrás rápidamente, forcejeando con todo lo que podía para mantener su posición. Le resonaban los latidos de su corazón en los oídos. Rain llegó justo antes de que empujaran a Peño fuera de la rampa, y de nuevo el impulso hacia delante de los atacantes cesó.

—¡Empuja! —gritó Rain, empujando con fuerza la espalda de Peño para ayudarlo a defender la rampa.

Empezaron a llevar a Vin y a Reggie hacia abajo. Peño sonrió cuando los atacantes perdieron todo su avance. Podía mantener la rampa fácilmente con su superioridad. No tenían oportunidad alguna.

—¡A-Wall acaba de salir volando! —gritó alguien.

—¡Lab también! —gritó otro.

Peño sospecho que las cosas iban mal incluso antes de que Reggie mirara hacia atrás y sonriera.

—Chicos... —dijo débilmente Jerome.

Peño se volvió mientras Rain corría rampa arriba y se detenía, con los ojos muy abiertos.

—Oh, oh —murmuró Rain.

Peño no tuvo oportunidad alguna de moverse. Mandaron volando a Rain con la carga combinada de Devon, A-Wall y Lab. Al mismo tiempo, Reggie y Vin atacaron de nuevo y tiraron de espaldas a Peño. Pasaron por encima de él y siguieron a los demás hasta la rampa final que conducía al trofeo.

Peño se quedó en el suelo, agotado. Le había preocupado que pasara precisamente eso: el equipo rojo se había unido y había vencido a un solo defensor. Era una estrategia evidente, pero el equipo azul no se preparó para ello. Suspiró y se puso de pie lentamente.

—Un minuto y cuarenta y siete segundos —dijo Rolabi, con la voz resonando por todo el gimnasio como si hablara por un altavoz—. Equipo azul, ahora atacaréis vosotros. Tenéis dos minutos para prepararos.

—Vamos —dijo Rain, pasando por encima del puente más cercano para ir hacia los banquillos.

Peño lo siguió, echando una mirada incómoda al agua. Unos ojos amarillos le devolvieron la mirada.

—Procura no nadar —le murmuró a John el Grande.

—No hace falta que me lo digas —dijo John el Grande.

Se agruparon y trazaron un rápido plan. Ese ejercicio era increíblemente fácil para los atacantes.

Peño soltó una risita.

—¡Lo haremos en treinta segundos!

Pronto estaría levantando el trofeo. La idea le hizo sentirse mareado.

—¡Azules a la de tres! —dijo, extendiendo la mano—. ¡Uno…, dos…, tres! ¡Azules!

El equipo alzó las manos y se colocaron en una línea de ataque. Peño se movió en sus botas de acero. Al parecer, Lab no había querido atacar a su hermano, pero Peño no tenía tales miramientos. Iba a cargar de cabeza por la rampa de Lab y a lanzarlo volando fuera.

Pero cuando el equipo azul se acercó al castillo, no aparecieron defensores por las rampas.

—¡No saben ni a quién poner dónde! —dijo Peño, riendo.

—¡Empezad! —dijo Rolabi.

—¡Aún no están preparados! —exclamó Rain—. ¡Seguidme!

Peño siguió a Rain y ambos corrieron hacia arriba por la rampa más cercana. Peño estaba abriendo la boca para anunciar su triunfo cuando Rain se detuvo en seco. Peño chocó con él, aplastándose la nariz con la parte trasera de la armadura de su compañero. Se le llenaron los ojos de lágrimas mientras alzaba la vista y veía a Devon de pie en la entrada de la rampa, con la almohadilla preparada. El resto del equipo rojo estaba alineado detrás de él; todos de camino hacia el trofeo.

—Pero qué… —dijo Peño con voz aguda.

Con un nudo en el estómago, se dio cuenta de lo que estaban haciendo. El equipo rojo estaba protegiendo la última rampa.

—¡Empujad! —gritó Rain.

Peño y sus compañeros de equipo empujaron una y otra vez con sus almohadillas, pero fue inútil. Peño se quedó atrapado entre los defensores y su propio equipo, que empujaba tras él. Parecía que habían pasado minutos sin que ganaran un solo paso. Rain no detenía la batalla, aunque Peño se sentía aplastado.

Finalmente, Devon empujó hacia delante y mandó volando a todo el equipo azul. Rain aterrizó sobre la tripa de Peño, dejándolo sin respiración. La rodilla de alguien se le clavó en el muslo. Se quedó allí tirado, jadeando. Vio unos puntitos, como soles en miniatura. Otro duro fracaso.

—Se acabó el tiempo —dijo Rolabi—. Gana el equipo rojo.

Lab recogió el trofeo y lo sujetó por encima de la cabeza, triunfal. Peño se puso de pie, viendo cómo su hermano lo celebraba. El sueño de Peño era tener ese trofeo. ¿Cuántas noches se habría dormido imaginando ese momento? Pero allí estaba su hermano, viviendo su sueño. Peño pensó que muy bien podía estar viendo el futuro. Peño nunca alzaría aquel trofeo. Era demasiado bajo, demasiado lento, sus tiros no eran lo bastante buenos. «Él» no era lo bastante bueno.

La idea se asentó como la espesa niebla. Peño bajó por la rampa, vencido.

—El equipo rojo puede coger unos balones y empezar a tirar —dijo Rolabi—. Equipo azul, a correr.

Cuando Peño bajó del puente, el foso se vació, el suelo se alzó y volvió a una superficie plana de nuevo, convirtiéndose otra vez en las polvorientas placas de parqué. Peño tiró al suelo la almohadilla y el casco con fastidio, y empezó a correr. Pasó casi una hora antes de que alguien anotara un tiro libre; cuando finalmente lo hicieron, casi se cae sobre el banquillo, frotándose el picor de los ojos.

—¿De qué trataba este ejercicio? —preguntó Rolabi.

—Defensa en equipo —murmuró Peño.

—Sí. Ellos jugaron como un equipo. Vosotros no.

Peño se volvió a limpiar la cara y dio otro trago de agua. Lab y él llenaban sus botellas en el grifo de la cocina, en casa. El agua salía amarilla y sabía a huevos podridos, pero era la mejor que tenían. La de Fairwood no era mucho mejor; en la mayor parte de Bottom, parecía haber el mismo problema. Se acabó la última gota mientras Rolabi tiraba de una tapita negra que había en un lado de la fortaleza. El aire empezó a salir de la estructura, que se plegó sobre sí misma. Peño casi se atraganta con el agua. ¿El castillo era «inflable»?

Al cabo de unos instantes, la estructura quedó reducida al tamaño de una pelota de baloncesto: solamente unas láminas de goma gris. Rolabi la recogió y la dejó caer en su maletín.

—¿Cómo debe estar siempre un buen defensor? —preguntó Rolabi.

—«Preparado» —respondió Reggie.

—Lo mismo vale para el resto del equipo. Si no estáis preparados, estamos perdiendo el tiempo.

Rolabi se dirigió hacia las puertas.

—¿Hemos acabado por hoy? —preguntó Peño. Estaba agotado, pero aún no era mediodía.

—Vosotros sabréis —dijo Rolabi.

Atravesó las puertas abiertas, que se cerraron de golpe tras él, sacudiendo el gimnasio entero. Rain sugirió un *scrimmage*, pero, de pronto, unos gritos llenaron la sala. El globo había vuelto. Peño pudo sentir el frío que se le colaba en los huesos.

—¿Qué hacemos? —susurró Peño.

—Rolabi dijo que teníamos que atraparlo —respondió A-Wall—. Dijo que seríamos mejores jugadores si lo hacíamos, ¿recordáis?

No hizo falta más. Twig se lanzó, y el equipo lo siguió. A pesar de todos sus esfuerzos, el globo volvió a escapar. En cierto momento, Peño se golpeó con Lab; sus hombros chocaron con un doloroso ruido. Ambos giraron y se cayeron de culo, gruñendo.

—¡Cuidado! —gritó Lab.

—¡Cuidado tú! —respondió Peño.

Se puso de nuevo de pie en el mismo momento en que el globo voló rápidamente hacia la pared y desapareció.

—¿Te sigue apeteciendo un *scrimmage*? —preguntó Peño a Rain secamente, frotándose el hombro dolorido.

Rain frunció el ceño.

—No. Salgamos de aquí.

Peño no discutió. Se sentó y empezó a quitarse las zapatillas. Los demás se pusieron a charlar, pero él no les prestó mucha atención. No había conseguido coger el globo. No había conseguido el trofeo. No había conseguido ganar el primer *scrimmage*. Rolabi quería que fuera un líder, pero apenas podía hacer algo bien. ¿Cómo iba a ser líder? Rain era mucho mejor que él. Lab también. Quizás incluso Vin era mejor.

Lo iban a dejar atrás, como siempre había sospechado.

Se puso los zapatos de calle, cerró la cremallera de su vieja bolsa y salió solo al exterior. Había cruzado a medias el aparcamiento cuando oyó que las puertas se abrían de nuevo. Lab apareció junto a él, poniéndose a su altura.

—¿Qué quieres? —dijo Peño con mala cara.

—¿Por qué estás tan enfadado? —preguntó Lab—. Creí que eso no estaba permitido.

Peño se erizó y se volvió hacia él.

—Esto es distinto. Tú has estado triste durante «tres años».

—¿Y por qué crees que es, genio?

—Yo también la perdí —dijo Peño, dando un paso hacia él—. También era mi madre.

Subrayó la palabra, sabiendo que aquello le haría daño a Lab. Pero no le importaba. Sus miradas se cruzaron. Peño vio que el color acudía al rostro de Lab. Esta vez, sostuvo la mirada de su hermano. ¿Por qué tenía que sentir Lab todo el dolor? ¿Por qué tenía que estar triste? ¿Por qué tenía que ocuparse Peño de la casa y de él y ser siempre el fuerte? No era justo.

—Tú avanzaste —dijo Lab—. Te importaba más el baloncesto…

Peño lo empujó, con fuerza. Lab tropezó hacia atrás y se dio de bruces en el suelo. En cuanto se recuperó, se lanzó contra Peño: ambos cayeron. Peño sintió que se quedaba sin aire, jadeó y luego rodó para quitarse a Lab de encima. Todo se convirtió en un revoltijo de brazos sujetando y piernas pateando; sintió la basura debajo de él, blanda y maloliente, pero no le importó.

—¿No crees… que… la echo de menos? —dijo Peño, tratando de hacerle una llave a Lab.

Su hermano le dio un rodillazo en la barriga y casi se escabulle.

—Tú... no... te pones triste —consiguió decir con una voz como un resuello—. Todo... va... bien. ¡Para! Te voy... a patear... ¡Para!

Rodaron de nuevo. Esta vez, Peño usó su fuerza para ponerse encima de Lab e inmovilizarlo. Estaba sudando y enrojecido, pero sujetó ambas manos de Lab contra el cemento para dejar clara su victoria.

—La echo de menos cada segundo del día —dijo Peño—. Estás ciego si no lo ves.

Lab trató de liberarse, pero estaba atrapado.

—¡Quítate de encima!

—¿Has pensado alguna vez que no lo demuestro por ti? —dijo Peño—. ¿Que quizá no quiero recordároslo a ti o a papá? ¿Se te ha pasado eso alguna vez por tu cabeza dura y estúpida? ¿Y que quizás haga todas las tareas de la casa para que te sea más fácil a ti también? ¿Has pensado en eso?

Estaba gritando. Lab dejó de retorcerse y lo miró.

—A veces, me parece que no puedo respirar —susurró Peño—. Como si me fuera a morir. Pero de eso tampoco te das cuenta, ¿verdad? Al menos tú debes tener esperanza. Pero yo, ni eso.

—¿De qué estás hablando?

—¡Tú anotaste! —gritó Peño—. Yo no. Tengo que ser fuerte y ver cómo todo el mundo avanza sin mí.

Se apartó de Lab, se limpió los ojos y se puso de pie.

—Debería darte una lección —dijo Peño en voz baja—. Pero no lo haré…, por ella.

Se marchó. Cuando dio la vuelta a la esquina, miró hacia atrás. Lab estaba aún en el suelo del aparcamiento. Pensó en volver y comprobar si estaba bien. Era el hermano mayor, el fuerte. Se suponía que tenía que cuidar de él. Pero no se sentía fuerte y estaba cansado de tratar de mantener a flote a Lab y a su padre cuando nadie hacía lo mismo por él.

Se dio la vuelta y lo dejó allí.

◆ 6 ◆

SIN VISIÓN

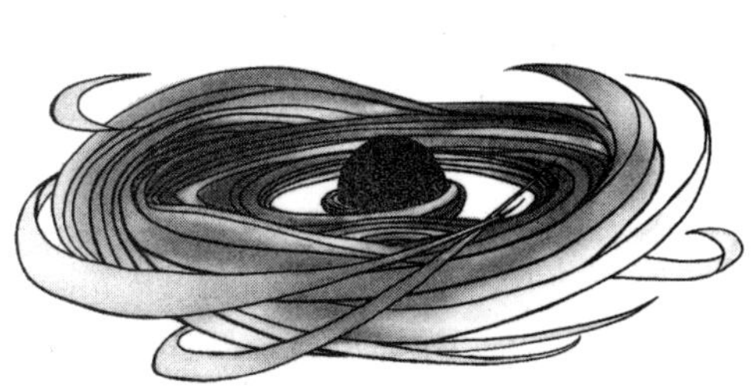

Tu historia será mucho más feliz
si al escritor le gusta su protagonista.

◆ PROVERBIO (26) WIZENARD ◆

Peño volvió corriendo al banquillo a tomar un trago rápido de agua. Estaba calentando en serio ese día. Aunque trataba de que no se notase mucho, estaba trabajando sobre todo con su mano izquierda. Se había prometido a sí mismo que no lo volverían a humillar por su inefectividad nunca más. Como resultado, estaba golpeando el aro y lanzaba pelotas al aire con alarmante regularidad, y ya estaba goteando sudor.

La noche anterior había sido... desagradable. Lab y Peño no se hablaban ni se miraban. Básicamente, evitaban respirar cerca el uno del otro. Peño había hecho la cena (unos garbanzos y pollo correoso en tortillas de maíz), pero Lab no se la había comido.

Peño no le culpaba exactamente por no comer. No era fácil hacer nada demasiado sano, ya que compraban en un viejo almacén llamado La última parada, que vendía restos procedentes de otras partes del Dren. Aun así, Peño trataba de sacar lo mejor que podía de aquello. Su madre había trabajado a horario completo; y trabajaba y los educaba a los dos. Así pues, él no podía quejarse. Ahora que se había ido, se daba cuenta de lo difícil que debió haber sido todo para ella, sobre todo teniendo en cuenta que había estado enferma y escondiéndolo hasta los meses finales. Sintió otra punzada de tristeza, pero la apartó de sí; ya había llorado bastante el día anterior. Tomó un poco de agua y alzó la vista, limpiándose la boca con la manga.

—Lo hago lo mejor que puedo, mamá —dijo—. Pero no sé qué hacer con Lab.

Solía hablar con ella; cada vez que Lab no podía oírlo. Hablaba con su madre cuando hacía sus tareas, antes de irse a la cama y cuando estaba leyendo. Le preguntaba qué tal se sentía, le decía que la echaba de menos y le preguntaba qué podía hacer con Lab. A veces, era como una oración; otras veces, como una conversación. Pero necesitaba aquellas charlas. Lo hacían sentirse menos solo.

Dio otro trago de agua y estaba preparándose para volver a salir cuando se dio cuenta de que John el

Grande estaba cambiándose solo en el extremo del banquillo. Se estaba poniendo las zapatillas con exagerada lentitud y parecía un poco... ojeroso. Tenía los ojos hinchados y rodeados de círculos oscuros.

—Qué hay, tío —dijo Peño.

—¿Qué pasa? —contestó John el Grande.

—¿Estás bien?

John el Grande lo miró. Durante un segundo, Peño pensó que veía temblar el labio superior de John el Grande. Pero John el Grande se rehízo y se obligó a sonreír de lado.

—Sí. Cansado, eso es todo.

—Yo..., esto..., no sabía que tenías dos trabajos.

John el Grande se removió.

—Estoy aprovechando un poco el tiempo, eso es todo. Llego a casa muy tarde.

—¿A tu madre no le importa?

John el Grande se ató las zapatillas y se puso de pie.

—Me pidió que lo hiciera. Ha perdido su trabajo.

—Oh.

Peño sabía que John el Grande tenía dos hermanas pequeñas. Su padre había muerto hacía tiempo; su hermano mayor falleció poco después. Uno por enfermedad y el otro de una muerte violenta.

—Sí —dijo John el Grande de mal humor—. Conseguirá otro. Pero, de momento, tengo que arrimar el hombro.

—Lo siento, tío…

—No necesito lástima —dijo—. Está bien. Por eso estoy aquí. Tengo que ir a la universidad, tío.

John el Grande corrió hacia la cancha. Peño lo observó, preocupado. Por muchos problemas que tuvieran Lab y él, lo de John el Grande era peor. Había perdido a dos personas, en lugar de una, y estaba atrapado tratando de mantener a su familia a flote.

Peño miró a su alrededor en el gimnasio. No todos iban a poder llegar a la DBL. Puede que Rain. A los otros les quedaba lejos. Era casi imposible. Incluso, o especialmente, para él. Lo sabía, aunque no quisiera admitirlo. No era solo su altura; su modo de tirar no era fiable, y era difícil llegar a parte alguna sin un tiro en suspensión decente. Se enfrentaba a jugadores mejores que él.

Pero ¿qué otra cosa podía esperar? No había futuro en el Bottom. Si Peño no llegaba a la DBL, se quedaría atrapado allí: trabajando en el mismo tipo de trabajos agotadores que su padre, si es que tenía la suerte de conseguir uno. ¿Cómo podía enfrentarse a aquello? Tenía que conseguirlo. Todos lo hacían, a pesar de las probabilidades en contra. De momento, dejaría las cosas tal como estaban.

Peño volvió a la cancha, manteniéndose en el lado opuesto adonde estaba Lab. Trabajó allí hasta que Rolabi apareció. Los llamó a todos. Peño advirtió con retraso que, mientras estaba evitando a Lab, todo el mundo parecía estar evitando a Rain. Miró confuso a su alrededor. ¿Qué se había perdido?

—Hoy vamos a trabajar el ataque —dijo Rolabi—. Empezaremos con los pases.

Peño se animó. Siempre se había enorgullecido de sus pases.

—Es la base de todo el juego de ataque —continuó Rolabi—. ¿Qué tienen todos los buenos pasadores?

—La visión de juego —dijo Peño inmediatamente.

Sabía lo que se necesitaba... Veía todos los partidos de la DBL que podía encontrar, estudiando los movimientos a través de la pantalla borrosa. Luego, los disputaba una y otra vez más tarde en su cabeza. A veces, tomaba notas mientras miraba, para gran diversión de Lab, o se sentaba tan cerca que podía seguir con los dedos las jugadas.

—Muy bien. Un gran pasador debe ser rápido, ágil y conciso. Pero, sobre todo, debe tener una buena visión de juego. De lo que es y de lo que va a ser. En la pista, tiene que verlo todo.

—Así pues..., ¿tenemos que practicar... para ver más? —preguntó Lab.

—Sí —dijo Rolabi—. Y la mejor manera de empezar es no ver nada en absoluto.

Peño debía de haberse esperado algo raro. Era el sexto día, y ocurrían cosas extrañas cuando Rolabi les daba una lección. Pero no estaba preparado para quedarse ciego de repente. Gritó y agitó las manos, frotándose los ojos para aclarar su visión. Pero la oscuridad era impenetrable.

Sintió que alguien le pisaba la zapatilla y gimió.

—¡Eh, cuidado! ¡Ese es mi dedo gordo!

—Bueno, ¿cómo quieres que lo evite si no veo nada? —dijo John el Grande.

—¿Y si intentas no moverte? Eres como un elefante.

—¿Eso es una insinuación sobre mi peso? —se burló John el Grande.

—Bueno, no es sobre tu memoria.

Peño alzó los brazos para protegerse de los golpes, pero no supo de dónde procedía la voz. Aquello era un caos de gritos, jadeos y maldiciones.

—¿Cómo va a ayudarnos esto con nuestra visión? —chilló Lab por encima de las demás voces.

—«Visión» es un término interesante —dijo Rolabi. Su voz parecía llenar la oscuridad—. En este caso, no se basa solo en la vista. Podemos oír lo que está pasando. Podemos sentirlo. Podemos predecirlo. Si podéis hacerlo, vuestros ojos no son más que un extra.

Alguien empezó a driblar. Peño trató de centrarse en el sonido, sintiendo las vibraciones familiares bajo los pies. Le encantaba ese sonido. Le tranquilizó un poco y respiró profundamente, aspirando el húmedo y fuerte almizcle. Eso era Fairwood. Incluso en la oscuridad, reconocía el lugar.

—El juego es sencillo. El equipo atacante empezará por un lado; el otro equipo esperará en el centro. El equipo atacante pasará el balón por la cancha. No se puede botar: solo pasar. Si llegan al extremo más alejado, ganan. Si pierden el balón, es el turno del otro equipo. Seguiremos hasta que gane uno de los equipos. El equipo perdedor correrá.

—No podemos ver nada —dijo Peño, agitando las manos a su alrededor—. Es imposible.

—Estás muy centrado en lo que es imposible —dijo Rolabi.

Peño sintió algo duro y gomoso que rebotaba en su frente.

—No tiene gracia, profesor —gruñó—. Podría haberme dado en la nariz. Eso habría sido el final de mi carrera de modelo. Mi familia se habría quedado hecha polvo, tío.

—¿Para qué haces de modelo? —dijo John el Grande—. ¿Para ropa de bebé? ¿Zapatos de muñecas?

—Está claro que es para cómo no desarrollar vello fácil —apuntó Vin.

Peño se frotó el labio superior, avergonzado.

—En la oscuridad, todos son cómicos.

—Titulares contra el banquillo del año pasado

—dijo Rolabi—. Los titulares empezarán. Buscad el balón.

Peño suspiró. Se puso a buscar la pelota, arrastrándose y extendiendo constantemente las manos para evitar tropezarse con nada. Eso solo funcionó a medias y su rodilla chocó contra la pared.

—Allá se va mi carrera —dijo, frotándose la parte dolorida.

Siguió buscando, dando un respingo cada vez que tocaba algo. Finalmente, Lab consiguió encontrar la pelota y se la dio a Peño; después de un rato, formaron lo que esperaban que fuese una fila bajo la canasta. Se suponía que los defensores los estarían esperando en el medio campo, pero Peño no tenía ni idea de si estaban correctamente colocados o no. Rolabi se negaba a ofrecerles ninguna ayuda.

—¡Vale, allá voy! —anunció Peño.

—Ni siquiera sabemos dónde estás, estúpido —dijo Lab.

—Creo que se trata de eso, idiota— repuso Peño.

—Esto debería ser divertido —murmuró Twig.

—¡Aquí! —gritó Rain.

Peño dio unos cuantos pasos hacia la voz y luego pasó picando el balón, esperando que el ruido ayudase a Rain a localizar la pelota en la oscuridad. Rebotó solo una vez, así que debía haberla cogido.

—¿Quién es el siguiente? —preguntó Rain.

—¡Aquí! ¡Pásala! —gritó Lab.

Peño oyó el chirrido de unas suelas junto a él.

Hubo un bote, un gruñido de dolor, otro bote y, luego, silencio.

—¡Un poco más arriba! —consiguió decir Lab, con voz extrañamente aguda—. ¡Seguid moviéndoos!

Se fueron abriendo paso lentamente por la cancha (o eso esperaba). Peño trató de facilitar las cosas. Si se movían con la lentitud suficiente y usaban pases picados muy cortos, el ejercicio parecía bastante fácil. Pero cuando avanzaron por la cancha, los sonidos de su equipo empezaron a entremezclarse con los de los defensores. De repente, el aire se llenó de gritos, advertencias y chirridos de zapatillas. Peño se quedó inmóvil con el balón, tratando de descifrar las voces.

Finalmente, localizó la voz de Lab y lanzó hacia él. Debió haber fallado, porque oyó un resonar como el de una vieja máquina del millón. La pelota estaba rebotando debajo de las gradas.

—Ups —dijo.

—Cambiad —dijo Rolabi.

Al equipo del banquillo les costó más todavía encontrar la pelota y empezar. Enseguida la perdieron. Peño se sintió secretamente complacido: no podía aguantar que a Vin le saliesen mejor aquellos ejercicios que a él. Tenía que empezar a demostrar por qué era un titular.

Una voz profunda le susurró al oído:

¿Y eso por qué es?

Peño casi se cayó, sorprendido al oír la voz en la oscuridad.

—¿Quién ha dicho eso?

—¿Quién ha dicho qué? —preguntó Lab—. Todo el mundo está hablando, Cacahuete. ¿Tienes el balón?

—¡Estoy aquí! —gritó A-Wall.

—He dicho balón, no A-Wall —se burló Lab.

—Hmmm —intervino Rolabi—. Quizá la oscuridad total nos ponga nerviosos.

Apareció una luz naranja, como una perfecta hoguera esférica. Cuando Peño se acercó, se dio cuenta de que la pelota estaba brillando con una luz interior. La cogió con cuidado, pero no desprendía calor. Y la luz no irradiaba de la pelota, ni siquiera hacia sus dedos, lo cual era aún más extraño.

—Qué raro —dijo Peño, moviendo la pelota entre sus manos.

Siguió las voces de sus compañeros hasta que sintió la pared; entonces se volvió para enfrentarse a lo que supuso que eran defensores. Tenía que adivinar mucho. Nunca antes había experimentado la oscuridad total. Hasta de noche, en su habitación se colaba siempre un poco de luz de la luna o de las farolas callejeras. Y siempre de la pequeña luz nocturna de Lab.

Esto era algo completamente distinto. El equipo estaba tratando de «funcionar» en la oscuridad. Moverse, pasar y jugar. Parecía ridículo…, y, sin embargo, tenía que admitir que era interesante usar los demás sentidos. Nunca pensaba realmente en ellos en la cancha. Era un juego visual.

—¿Estáis listos, chicos? —dijo Peño—. ¡Vamos!

Sin duda, era más fácil con la pelota iluminada. El problema era que para el otro equipo también era más sencillo encontrarla…, cosa que pronto hicieron, cuando alguien atrapó uno de los erráticos pases de Peño.

—¡Robada! —dijo Jerome.

—Buen pase, Peño —dijo Lab.

Peño se enfadó.

—No puedo ver a quién estoy pasando. ¿Qué quieres que haga?

—Visión —murmuró Lab.

—La próxima vez se la pasaré a tu cabeza —dijo Peño.

—No puedes acertar a un granero.

—Bueno, por suerte, tu cabeza es más grande que eso —replicó Peño.

Alzó los puños pretendiendo boxear con él, pero chocó con algo blando.

—¡Au! —dijo Vin—. ¿Quién ha hecho eso?

Peño se mordió el labio y rápidamente se escurrió hacia otra parte.

A medida que continuaba el ejercicio, empezó a controlarlo más. Era un jugador que hablaba mucho en los mejores momentos; en la oscuridad, estaba claro que era el líder de la cancha. Lo gritaba todo y pedía a los demás que hicieran lo mismo. Al cabo de poco tiempo, hasta Twig estaba gritando lo que iba haciendo. Era un cambio agradable. Peño se preguntó si seguirían hablando cuando se encendieran las luces.

Finalmente, después de que Rain consiguiera abrirse paso a través de la línea de defensores y recibir un pase, Peño corrió por la cancha tan deprisa como se atrevió, agitando las manos y pidiendo a gritos la pelota.

—¡Estoy abierto!

El pase llegó por el aire como un meteorito a través de la atmósfera. Peño agarró el balón, preparándose para volverse y pasar al siguiente jugador. En lugar de ello, las polvorientas luces parpadearon y se encendieron: estaba en la línea de fondo más alejada. Habían cruzado el gimnasio.

—El equipo de titulares gana —dijo Rolabi—. Pausa para beber.

—¡Sí, tío! —dijo Peño, caminando entre sus compañeros y chocando sus manos, menos la de Lab, que seguía evitándolo, y la de Rain, que se había precipitado hasta el banquillo él solo.

—¿Qué le pasa a ese? —preguntó Peño a A-Wall, haciendo un gesto hacia Rain.

A-Wall se encogió de hombros.

—Ayer dijo que él era el equipo.

—Oh —respondió Peño—. Perfecto.

Parecía que el equipo iba disgregándose cada vez más a medida que pasaban los días. Mientras bebían agua, Rolabi pidió a cada jugador que dijera algo sincero. Todos empezaron a hablar, uno por uno. La mayor parte de las declaraciones eran lugares comunes: cosas que mejorar, objetivos para la temporada, jugadores del banquillo que decían que querían ser titulares.

Cuando llegó el turno de Peño, se pavoneó y se volvió hacia el equipo.

—Este año vamos a ganar el campeonato nacional, chicos. Recordad mis palabras.

—¿Cómo? —preguntó Rolabi.

Peño frunció en entrecejo.

—¿Ganando... todos los partidos?

—Interesante —repuso Rolabi, aunque no parecía que estuviera interesado en absoluto.

Peño regresó al banquillo, un poco desinflado. Sospechaba que Rolabi quería que profundizase un poco más, pero él solo quería jugar. Ganar significaba más partidos, más viajes, más baloncesto. Eso era por lo que le preocupaba. Cuanto más ganasen, más jugarían. No le importaba la gloria ni la fama ni nada de eso. Para él, el trofeo de la EYL simbolizaba una larga ronda clasificatoria y, lo que era más importante, más baloncesto. Si pudiera jugar cada día, se sentiría feliz.

Rain fue el último en hablar y se disculpó. El equipo se quedó mirándolo. Nadie se movió.

Un líder siempre tiene que dar el primer paso.

Peño suspiró para sí, luego se adelantó y chocó la mano con Rain.

—Estamos en paz.

Todo el mundo murmuró asintiendo.

—Vamos a jugar un *scrimmage* durante una hora —dijo Rolabi.

—¿Sin trucos? —preguntó Peño, suspicaz.

—Solo para trabajar nuestra visión. Rain, Vin, Lab, A-Wall y Devon contra el resto.

Peño se quedó helado. ¿No iba a jugar con Rain o con Lab? Siempre jugaban los titulares contra el banquillo; era lo normal durante los ejercicios. ¿Serían aquellos los nuevos titulares? ¿Vin en lugar de Peño y Devon en lugar de Twig? ¿Iba a quedar Peño relegado al banquillo? ¿Qué había hecho mal? Miró al profesor, pero, cuando cruzó su mirada con aquellos ojos relucientes color esmeralda, Rolabi no dijo nada.

«No me ponga en el banquillo —pensó Peño, desesperado—. Por favor, no me deje atrás.»

Rolabi sacó una pelota.

—Nos fijamos en un actor y no vemos a otros que

están en el fondo. Miramos una carta mientras el trilero coge una segunda. Miramos la bola, pero no vemos el juego.

Sujetó la pelota para un salto inicial. Twig y Devon acudieron rápidos. Con John el Grande en el mismo equipo que Twig, John el Grande se colocaría de alero alto y dejaría el pívot para Twig. Peño se puso de mala gana detrás de ellos, preguntándose cómo podría revertir la situación. ¿Estaba siendo relegado por su altura? ¿Por sus problemas con la mano izquierda? Sabía que no estaba tan en forma como debería. Se tocó la barriga. Quizá debería correr un poco después del entrenamiento. Correr hasta casa, tal vez. Trataría de recuperar su puesto a partir de ya.

—Podemos ver mucho; sin embargo, decidimos no hacerlo —dijo Rolabi—. Es una decisión extraña.

Entonces Peño volvió a quedarse ciego. No, ciego no. Un extraño bloqueo apareció delante de sus ojos, dejándolo solo con la visión periférica por cada lado. Sentía como si el mundo entero se hubiera partido en dos. Trató de que no le entrara el pánico. No era más que otra prueba. Tenía que tratar de ser mejor en las pruebas. Giró la cabeza, tratando de recuperar el equilibrio. Era muy desconcertante, pero aún podía ver algo. Solo tenía que mantener la cabeza girando.

Podía hacerlo.

—¡No veo! —gritó John el Grande—. Bueno..., algo así.

—¿Listos para jugar? —preguntó Rolabi.

—Solo para aclararnos —dijo Peño—: ¿todo el mundo se siente como si estuviera hablando con una pared?

—Sí —murmuró Jerome.

Así pues, a todos les pasaba lo mismo. Eso hacía más fácil planear las cosas. Peño mantuvo la cabeza de lado y observó la pelota con el rabillo del ojo. Rolabi quería que avanzara a contracorriente. Bueno, era el momento de nadar.

El balón voló hacia arriba, saliendo de nuevo de su campo de visión: el *scrimmage* empezó con Twig golpeando a Devon en la pierna y con el balón llegando hasta Vin. Este lo recogió, moviendo la cabeza como un gallo desconfiado. Mientras botaba el balón por la cancha, Peño se lanzó hacia él, moviendo constantemente la cabeza hacia delante y hacia atrás para mantener a Vin a la vista. También usó las manos para guiarse.

—¡Pide bloqueos! —gritó Peño—. ¡Dinos quién está a tu alrededor!

Vin trató de fintar a la izquierda, pero Peño lo siguió, al oír el chirrido de sus zapatillas y el movimiento de la pelota antes incluso de ver nada. Incluso sintió que Vin amagaba con lanzar a canasta. Pero la defensa le obligó a buscar a Rain, que estaba abierto en el alero.

—¡Está solo! —gritó Peño, para que Reggie supiera que no le iban a tirar ningún bloqueo.

Rain avanzó, desembarazándose de Reggie y dirigiéndose directo a canasta. Pero entonces hizo algo inesperado: le pasó el balón a Lab, que estaba abierto en la esquina.

—¡Cubre el ala! —le dijo Peño a Jerome.

Pero era demasiado tarde. Lab atrapó el pase, se cuadró, lanzó y anotó.

—¡Puedo ver! —gritó Lab—. ¡Buen pase, Rain!

Peño frunció el ceño cuando Lab pasó a su lado.

—¿Ves... del todo?

—Ya no —murmuró Lab—. Solo cuando lanzaba.

Aquello no tenía sentido. Además, ya estaban perdiendo ante los nuevos titulares. Recibió un pase de Twig y corrió por la cancha: al menos, esta vez podía ir a la derecha, pues no había una pared invisible. Girando la cabeza, Peño tomó nota mental de las posiciones que ocupaban los demás. Se sentía como un general del ejército que ubicara a sus tropas en un mapa. Se detuvo en lo más alto de la zona y cortó hacia Jerome.

—¡Yo también puedo ver! —gritó este, que falló la bandeja—. No importa.

Peño maldijo mientras retrocedían hacia zona defensiva, pero antes de que pudiera organizarse, A-Wall anotó una bandeja. Peño se mordió el labio. Se estaban quedando atrás. «Él» se estaba quedando atrás.

Peño se esforzó aún más. Peleó por cada balón. Puso una mano sobre cada uno de los que pasaron junto a él, habló sin parar y escuchó con oído atento…, marcando las posiciones de su equipo. No podía ver, así que tenía que visualizar el juego. No era perfecto, pero al cabo del tiempo el partido empezó a crecer a su alrededor como una tela de araña. Había hilillos que conectaban a todos los jugadores. Un movimiento en un extremo de la cancha creaba una oleada de reacciones, y él tenía que localizarlas todas.

Pronto se dio cuenta de que, cuando podían hacer un tiro abierto, recuperaban la visión. Los tiros bien defendidos se hacían medio a ciegas y casi ninguno entraba. Así pues, necesitaban tiros con buenas posiciones. Si movía la pelota lo suficientemente rápido, casi siempre podía encontrar una buena opción.

—Pausa para beber —gritó Rolabi.

Peño se arrastró a un lado y bebió agua.

—¿Ya te estás divirtiendo? —preguntó Vin.

—No está mal —respondió—. Aunque bailar a tu alrededor cansa.

Vin se rio.

—¿Te gusta mi grupo del banquillo?

—Ahora deberían llamarse «titulares» —dijo Peño, con falso orgullo—, ya que ahora yo juego con ellos.

El ejercicio se reanudó y Peño quedó satisfecho. Anotó pocas canastas, pero guio a los jugadores del banquillo en un *scrimmage* bastante regular. Habló, dirigió y los animó en los momentos bajos. Peño empezaba a pensar que no se trataba de ganar el partido. Tenía que ganarse cada posesión. Cada segundo. Y eso era lo que le encantaba. No el resultado.

La lucha.

«Así es como se les dirige.»

—Con esto bastará —dijo Rolabi—. Coged vuestras botellas y reuníos conmigo en el centro.

La visión de Peño volvió a ser normal. Sacudió la cabeza, salpicando sudor a diestro y siniestro.

—¿Quién ganó? —preguntó Peño—. Me he perdido.

—Ninguno —dijo Rolabi, con cierta satisfacción, aunque siempre era difícil descifrar las emociones en su voz de barítono—. Y ambos. ¿Así es como jugáis normalmente?

Lab rio.

—Claro que no. Nos estábamos moviendo a cámara lenta.

—La velocidad es relativa. Para los más rápidos, todo el mundo se mueve a cámara lenta. ¿Qué más?

—Hablamos..., hablamos mucho. Más que nunca —dijo Twig.

Rolabi asintió.

—Cierto. ¿Algo más?

—Nos repartimos por la cancha en ataque —dijo

Peño, pensando en el *scrimmage*. Las opciones externas siempre eran las más claras, así que se vieron obligados a extender la pelota y a no atacar repetidamente en la misma zona directa al aro—. Más pases en la zona. Pases abiertos… y esas cosas.

—Una opción natural cuando no se puede ver por dónde va uno —dijo Rolabi—. ¿Y al final?

Después de una pausa, Rain dijo:

—Teníamos que pensar dónde iban a estar… y dónde deberían estar todos. Teníamos que prever el juego.

—Cierto —dijo Rolabi—. Teníamos que ver más de lo que nos permiten nuestros ojos. Y ahora me merezco que deis unas cuantas vueltas corriendo.

Peño sonrió cuando los jugadores del banquillo empezaron a correr, con Vin a la cabeza. Habían hecho un buen ejercicio. Correr no fue un castigo; anotaron en el primer intento de tiro libre y volvieron al círculo casi inmediatamente. Peño miró enfadado a Vin.

—Qué suerte —murmuró.

—Pura habilidad —contestó Vin, sonriendo.

Rolabi abrió su maletín.

—Volvéis a tener la visión completa. Pero ¿estáis mirando realmente? Tenemos que aprender de nuevo a ver.

Sacó la margarita de su maletín y la colocó en el suelo frente a ellos.

—Otra vez no —dijo Peño.

—Muchas veces más —respondió Rolabi—. Si queréis ganar, tenéis que lograr que el tiempo vaya más lento.

Caminó hacia las puertas. Peño dirigió la mirada a un punto entre el profesor y la margarita en su tiesto, confuso.

—¿Adónde va? —preguntó.

—Esta noche te llevas la margarita a casa, Peño. Cuídala, por favor. Riégala.

Peño tragó saliva y se quedó mirando a la margarita. ¿Tenía que cuidarla? Seguro que intentaba comérselo en mitad de la noche. Decidió encerrarla en el armario en cuanto llegara a casa..., aunque tomó nota mental de regarla «abundantemente» nada más llegar. Rolabi parecía tenerle cariño a esa flor.

Las puertas se abrieron con un fuerte ruido, dejando que el viento rugiera en el interior.

—¿Cuánto tiempo quiere que la miremos? —gritó Rain.

Rolabi no se volvió.

—Hasta que hayáis visto algo nuevo.

Con estas palabras, desapareció en la tarde.

—¿Creéis que era... literal? —preguntó Peño.

—¿Quién sabe? —dijo Vin—. Al menos, yo no tengo que llevármela a casa.

—Gracias —dijo Peño.

John el Grande se puso de pie y caminó hacia el banquillo.

—¿Adónde vas? —le gritó Jerome.

—No voy a quedarme mirando una flor estúpida si no tengo que hacerlo —dijo John el Grande—. Me voy.

—¿Estás bien? —preguntó Peño.

John el Grande caminó a las puertas sin contestar, empujó una y luego pareció pensárselo.

—No, Peño. Esto es el Bottom. Las cosas no «están bien». Puedes seguirle el rollo al chiflado ese todo lo que quieras y jugar a sus juegos. Pero lo de ahí fuera no es un juego. Recuerda quién eres. Voy a hacer unas cuantas horas más en el trabajo.

Diciendo esto, se marchó. El silencio cayó sobre el gimnasio.

Rain fue a por su balón y abandonó el ejercicio de la flor. Peño dudó un momento. A pesar de que las lecciones de Rolabi habían parecido un poco más lógicas aquel día, lo de la flor seguía sin tener ningún sentido. No podían hacer que el tiempo pasara más despacio, pero, sin duda, podían perderlo. Peño también se fue a tirar a canasta.

No todos hicieron lo mismo. Devon, Twig y Reggie se quedaron, mirando fijamente a la flor.

—Me pregunto si alguna vez vamos a... —empezó a decir Lab, y luego se quedó callado.

Peño sintió un escalofrío familiar subiéndole por

los brazos. Ni siquiera tuvo que volverse para saber de qué se trataba. El extraño globo había vuelto…, y esta vez se dirigía directamente a la cabeza de Devon. A pesar de ello, el chico no se movió. Se quedó allí sentado, con los ojos fijos en la flor.

Peño sintió que debía advertirle, pero las palabras se quedaron atrapadas en su garganta. Ahora todos estaban mirando el globo. Devon tenía que saber que estaba allí, ¿no? Y, aun así, seguía inmóvil.

El tiempo pareció estirarse.

Entonces, sin previo aviso, Devon extendió el brazo hacia arriba y atrapó el globo con su mano fuerte. En su rostro se dibujó una sonrisa triunfal, la viscosa materia negra le pasó entre los dedos… y luego desapareció. Peño se quedó mirando el vacío donde había estado sentado Devon.

—Esto no está bien —susurró.

Las cosas parecieron precipitarse. Hubo gritos, gente que se dirigía a la puerta. Mientras Peño veía cómo ocurría todo, sus ojos cayeron sobre la flor. Recordó que se suponía que tenía que llevársela a su casa. Su mirada se demoró en ella. Peño apenas oía a los demás. Y, durante un instante, la flor se agitó.

Siempre hay tiempo.

Pensó en lo precipitado de sus tiros. Pensó en los miedos que sentía respecto de su talento y su tamaño. Pensó en sus miedos más profundos y oscuros. ¿Acaso no trataban todos del tiempo? Devon reapareció, pero ni eso rompió la concentración de Peño. Lentamente, se acercó a la flor, la recogió y sintió que algo lo cubría. Un cosquilleo por sus brazos y piernas. Luego vio «más».

Luz plateada en sus manos, la flor, el gimnasio.

—¿Qué está ocurriendo? —preguntó sin dirigirse a nadie en particular.

¿Estás preparado para usar tu grana, Peño?

Miró la flor, se metió el tiesto debajo del brazo y miró asombrado a su alrededor.

—Sí —susurró.

¿Y qué recuerdan los más fuertes?

Peño miró hacia su hermano.

—Que a veces somos débiles.

7

UN HOMBRE EN UNA MONTAÑA

Puedes cansarte de la carretera. Puede oscurecer.
Descansa si lo necesitas, pero nunca te des por vencido.
Camina hasta que la oscuridad sea un recuerdo
y te convertirás en el sol del horizonte del próximo viajero.

PROVERBIO 50 WIZENARD

Peño metió las manos bajo el grifo y se las pasó por la cara, disfrutando de los frescos chorros de agua. Se miró a sí mismo en el espejo, oyendo los primeros sonidos rítmicos de los balones sobre el suelo del gimnasio, al otro lado de la puerta del vestuario.

Había conseguido llevarse la flor a casa de una pieza. La había colocado en el alféizar, la había regado cuidadosamente y había ignorado todos los comentarios burlones de Lab. Le recordaba a la jardinera de su madre, solo que esta permanecía verde. Estaba sana.

A ella le hubiera encantado.

Aparte de eso, la noche no había sido muy buena. Peño había dormido poco, escuchando las vueltas y revueltas de Lab. Ese día se sentía raro. Agotado. Cansado. Nunca había tenido una pelea tan larga con Lab. Tres días de extraño silencio. ¿Y para qué? ¿Por qué su hermano era mejor que él?

¿Adónde van todos con tanta prisa?

Peño caminó por el cuarto de baño, limpiándose la cara de cualquier manera con el brazo.

—¿Quién ha dicho eso? —preguntó.

Es curioso cuando deseamos seguir desesperadamente a los demás, aunque decimos que queremos ser los primeros.

«Yo solo quiero las herramientas —pensó Peño—. Necesito algo con lo que trabajar.»

Tienes todo lo que necesitas.

«¿Para qué? ¿Para vivir en el Bottom el resto de mi vida?»

No hubo respuesta. Peño suspiró y se agarró a la pila. Esto tenía que parar. No le iba la autocompasión. Si se dejaba ir, todo caería a pedazos. Quizás algunas personas pudieran permitirse ser débiles, pero él no.

—Hoy, limítate a jugar —susurró.

Peño salió deprisa del vestuario. No había lanzado aún más que algunos tiros cuando Rolabi apareció en el lateral; esta vez en medio de un temblor de aire como de cemento recocido en un sofocante día de verano. Parecía que nadie más lo había visto todavía. Sus penetrantes ojos brillaron en dirección a Peño, manteniendo su mirada.

El chico vio algo a lo lejos, detrás de él: un lago claro y una barca de remos de madera.

Seguía hundiéndose.

—No me va a hablar —murmuró Peño.

Entonces habla sin palabras.

Rolabi entró en la cancha.

—Reuníos a mi alrededor. Hoy trabajaremos los tiros.

Peño recogió rápidamente la flor (que aún estaba sobre el banquillo) y la llevó consigo. Rolabi la metió en su maletín, colocándola de nuevo como en un lugar familiar. Y lo miró.

—Mejor que cuando la dejé.

Peño titubeó.

—¿Cree que… puedo llevármela a casa de vez en cuando?

—Ten. —Sacó algo del bolsillo del pecho y se lo mostró: una semilla redonda, verde azulada—. Planta esto, riégalo, cuídalo. Estas semillas crecen en todas partes, incluso en el Bottom.

Peño la cogió con manos temblorosas.

—Gracias —dijo—. Ella… Mi madre.

—Os verá crecer, a ti y a la semilla —dijo Rolabi.

Peño sonrió y corrió a meterla en su bolsa mientras

los demás se reunían alrededor de Rolabi. La envolvió rápidamente en su toalla y luego corrió a reunirse con los demás. Nadie pareció haberse dado cuenta de lo que había pasado.

—Hummm —dijo Rolabi—, esto va a ser fascinante.

Le lanzó el balón a Devon. En el mismo segundo en que tocó sus dedos, el gimnasio fue sustituido por un cielo abierto y azul salpicado de una alfombra de estrellas. Peño miró a su alrededor. Los jugadores estaban de pie en lo alto de una montaña distinta a todo lo que hubiera visto antes. Ni siquiera en fotos. La meseta en la que estaban (la cumbre de la montaña) era una repisa plana de piedra, no mucho más grande que la planta principal de la casa de Peño, con los bordes dentados. A su alrededor, los costados caían a pico entre nubes.

Peño retrocedió rápidamente, con la cabeza dándole vueltas.

No era muy aficionado a las alturas y aquella montaña no parecía muy robusta. De hecho, parecía imposible que algo tan alto y estrecho pudiera permanecer de pie mucho tiempo. Vio una segunda montaña abrupta cerca, coronada por una solitaria canasta de baloncesto, como la bandera de un escalador.

—¿Qué es eso? —susurró Lab. La tímida pregunta resonó un centenar de veces a lo lejos.

—Una montaña, supongo —dijo Peño, abrazándose a sí mismo.

No había viento, pero hacía frío, un frío que cortaba.

—Gracias —respondió Lab, lanzándole una mirada asesina.

Peño tuvo unas ganas incontrolables de acercarse al borde, aunque solo quería alejarse del abismo. La tierra parecía inclinarse hacia él. Sintió que el desayuno amenazaba con reaparecer de nuevo.

—¿Qué hacemos? —preguntó Jerome—. ¿Bajamos?

—¿En serio? —dijo Vin—. Esto tiene un kilómetro de alto.

Peño empezó a temblar. Aspiró el aire enrarecido.

Encuentra tu centro.

Las palabras resonaron en su mente. Peño se centró en ellas. Su respiración se calmó. La voz dijo:

El águila no se preocupa por la caída.

—Esto es demasiado —dijo Lab.

—La última vez dijiste lo mismo —replicó Peño.

—¡Y tú no me escuchaste!

Un crujido partió el aire. Sonaba como si procediera de debajo de ellos, de dentro de la montaña. La tierra vibró, confirmando la teoría de Peño. En ese momento, un pedazo de roca cayó detrás del equipo, tan grande como un coche, y rodó hacia las nubes. Se la tragó la oscuridad.

—Tenemos que hacer algo —dijo Twig, con voz calmada, o más calmada de lo que estaba Peño.

—¿Cómo qué? —preguntó Vin.

—Se supone que tenemos que practicar tiros a canasta, ¿no? —dijo Twig—. Quizá tengamos que lanzar el balón.

Se produjo otro crujido, y un segundo pedrusco del tamaño de un coche se desprendió.

—Lanza, Rain —le urgió Reggie.

Se oyó otro crujido. Peño agarró a su hermano por la muñeca. Por una vez, no pensó en actuar como si fuera el hermano mayor, o aunque lo fuera. Solo quería estar seguro de que no se separaban, pasara lo que pasase. Se desprendió otro pedrusco, que golpeó contra un lado de la montaña al caer.

La cumbre se estaba encogiendo deprisa. Peño tragó saliva y se volvió hacia Rain.

Esperaba que solo tuvieran que anotar una canasta, pero no tuvo la oportunidad de descubrirlo. Rain empezó a temblar desde el momento en que cogió la pelota: su tiro rebotó en el aro y después cayó por el lado de la montaña.

—Este plan se va al garete —murmuró Peño.

Entonces la pelota llegó como un cohete desde abajo, arqueándose por encima de sus cabezas hasta que aterrizó en las manos de Vin. Peño se preguntó si eso tendría algún significado.

—Sigue lanzando —dijo Twig.

La cosa no funcionó. Los jugadores fueron fallando uno tras otro. Finalmente, Twig anotó un tiro, pero, aun así, la pelota volvió hacia ellos. Parecía que todos iban a tener que anotar. La pelota le llegó a Peño, que la miró, confuso.

Sabía que tendría que acercarse a la canasta (el hueco era de unos tres metros), pero no quería aproximarse a los bordes agrietados. Así pues, lanzó desde muy lejos y falló.

—Oh, gran tiro —murmuró Peño para sí, viendo cómo el balón volaba sobre su cabeza—. ¡Más rápido!

—¡No os precipitéis con los tiros! —dijo Vin.

Peño se erizó con el desafío, pero Vin tenía razón. Tenían que tomárselo con calma.

Rain volvió a fallar, sacudido por más temblores. Vin lo consiguió, y también Jerome, mientras que el tiro de Lab salió por arriba. Peño volvió a fallar. Se mordió las uñas. ¿Y si era el único que no podía anotar? ¿Y si el equipo fracasaba y era culpa suya?

—¡Trata de centrarte! —dijo Jerome, con el pánico en su voz.

Rain falló otra vez, temblando incontrolablemente.

—¡Venga, Rain! —dijo Vin.

El tiro de Lab fue corto. Peño sintió que la tierra temblaba cuando el balón llegó hasta él. Se estaban quedando sin tiempo. Dio un paso adelante, acercándose a pocos centímetros del borde. La cabeza le dio vueltas cuando miró hacia la sima. Así pues, decidió centrarse en el aro y no miró a otra cosa.

El águila solo ve a la presa.

Peño inspiró profundamente. Botó el balón en la superficie desigual, dejando que las vibraciones lo recorrieran. De algún modo, le tranquilizaban. Trató de escuchar el ritmo. *Bum, bum, bum…* Empezó a susurrar unas líneas:

> Peño, el ave de presa,
> en su mano el balón pesa…

—¿Estás componiendo versos ahora? —silbó Lab.

> Una montaña puede caer.
> Pero ¡Peño la va a vencer!

Sus ojos no se apartaron un momento del aro. Lanzó el tiro y encestó.

—¡Sí! —gritó, agitando el puño.

Pero su alegría duró poco. Rain falló otra vez, igual que Devon. Lab era el siguiente. A pesar de su pelea, Peño no pudo evitar darle unos consejos. En la montaña, parecía una tontería no hablarse. Su pelea no significaba nada si caían.

—Lo tienes —susurró Peño—. Relájate. Un tiro normal, de los de siempre.

Lab lo miró como si fuera a decirle algo desagradable, hizo una pausa y se volvió. Con los hombros visiblemente relajados, los dedos tranquilos. Entonces lanzó y anotó.

Hubo otro crujido. La cumbre era del tamaño de la cocina de Peño, y encogía rápidamente. Pronto, la montaña entera vacilaría y caería, llevándose con ella a los Badgers. Se le revolvió el estómago. Iba a ser una caída muy muy larga. Miró por encima del borde a la muerte que los esperaba allá abajo. Ya la había visto antes una vez.

Recordó haber estado sentado junto a la cama de ella aquella noche. Estaba muy delgada. Su piel color miel se había desteñido hasta quedar beis. Recordaba sus dedos fríos entre los suyos.

—Prométeme que cuidarás de tu hermano —dijo.

—Lo prometo —había susurrado Peño.

«No dejaré que le ocurra nada. Te lo prometí», pensó.

Devon fue el siguiente en anotar, impulsando el balón con su enorme mano. Solo quedaba Rain. Otro trozo de la montaña cayó. El equipo se juntó: de pie, hombro con hombro. Peño podía oír sus respiraciones bajas y entrecortadas. Ya no quedaba ningún sitio adonde moverse. La siguiente caída de una roca dividiría al equipo en dos, con suerte. O los haría caer a todos, en el peor de los casos.

—Estamos muertos —murmuró Vin.

—Solo uno más —dijo Lab.

La pelota llegó volando y cayó en las manos temblorosas de Rain.

—¡Hazlo, Rain! —gritó Peño.

Lo había dicho mil veces. Resonó muchas veces más a su alrededor. Otro crujido espantoso atronó por debajo de ellos. Sin pensar, Peño apretó el brazo de su hermano. Lab no dijo nada.

—¡Date prisa! —dijo Vin, desesperado.

Peño sintió que la tierra se movía bajo sus pies. Intercambió una mirada aterrorizada con su hermano.

—Aguanta —murmuró Peño—. Todo irá bien.

—¡Tira! —chilló A-Wall.

La pelota voló y la montaña cayó. Hubo un tirón inexorable hacia atrás. Peño oyó gritar a sus compañeros. Se deslizó de la plataforma, con una mano cerrada aún alrededor de la muñeca de su hermano. Al menos, eso le proporcionó consuelo. Observó, incapaz siquiera de gritar, mientras la pelota giraba lentamente por el aire.

La pelota entró por el aro y la montaña desapareció. Peño miró hacia abajo y vio el parqué desgastado del Centro Comunitario de Fairwood. Cayó de rodillas y besó el suelo, ignorando décadas de polvo, sudor y saliva.

—Es repugnante, pero tan hermoso —dijo.

Rolabi los estaba mirando. Peño debería estar enfadado con él: la grana casi lo había matado. Pero solo sentía alivio. Aparte de eso, tenía la sensación de que acababan de hacer algo importante. Habían anotado porque tenían que hacerlo. Todos habían logrado una canasta sobre la bocina.

Y estaban vivos.

Lab se volvió hacia Peño. Sus miradas se encontraron un instante. En ese momento, no le importaba nada lo que había dicho su hermano, o el motivo de su pelea, o quién estaba más asustado, o quién era mejor en aquel duelo suyo. Solo le importaba su hermano.

—En el baloncesto, todo trata de enfrentarse al miedo —estaba diciendo Rolabi—. Si no nos enfrentamos a él, perderemos. Practicaremos mil tiros. Diez mil. Veinte mil. Si los lanzamos todos desde una montaña que se derrumba, nos convertiremos en grandes tiradores.

Peño pensó en aquello. Él siempre lo aceleraba todo en la cancha. ¿Por qué? Porque temía ser taponado o incomodado en el lanzamiento. Pero la humillación no significaba nada en una montaña que se derrumba.

—Esto será todo por hoy —dijo Rolabi—. Mañana será un día interesante.

—¿Y hoy qué era? —murmuró Lab—. ¿Aburrido?

Rolabi se dio la vuelta y se dirigió a la pared. Hubo otro destello de luz, y desapareció, no dejando más que los amarillentos bloques de cemento tras de sí. Peño se puso de pie de mala gana.

—Casi nos morimos —murmuró Lab.

—Esto fue un horror —dijo A-Wall—. Y mañana será interesante. ¡Ja!

Peño frunció el entrecejo.

—¿Qué estás haciendo, Rain?

Rain había cogido su balón de la bolsa y se dirigía a la línea de tiros libres.

—Lanzar —dijo.

Peño sonrió y movió la cabeza. Sabía que Rain lanzaría para no volver a ser «nunca» el último en anotar. Con toda su arrogancia, Rain se negaba a no ser otra cosa que no fuera el mejor jugador del equipo. Peño decidió hacer lo mismo. Agarró su pelota y se dirigió a la misma canasta. Se detuvo en la línea de tres e inspiró profundamente. Por una vez, no se apresuró en nada.

Imaginó una montaña alta y una larga caída. Y lanzó como si fuera su último tiro.

El equipo estuvo lanzando durante horas. Cuando finalmente se cansaron, Peño cogió su bolsa y salió solo, pero no lo estuvo mucho tiempo. Lab se puso a su altura, con las manos en los bolsillos, hombro con hombro.

—¿Hoy caminas conmigo? —preguntó Peño.

—Bueno… No es seguro que vayas solo a casa.

—¿Por qué no? —preguntó Peño, mirándolo.

—Eres demasiado bajito. La gente no puede verte por encima del capó del coche.

Peño empezó a reírse.

—Cállate.

—¿Quién ha dicho eso? —preguntó Lab, tratando de localizar a alguien cerca de sus tobillos.

Peño lo golpeó en el brazo y siguió andando.

—¿De verdad que… a veces te cuesta respirar? —preguntó Lab.

Peño dudó. Había olvidado que se lo había contado. Nunca le había hablado antes a nadie de aquello…, ni a Lab, ni a su padre, ni a nadie. Era una sensación como si el pecho se le estrechara, y se mareaba, y se quedaba sin aliento, como si hubiera caído en agua fría. Pero era su secreto, su debilidad.

Recordó las palabras de Rolabi acerca del liderazgo.

—Sí —dijo Peño—. Supongo que… es ansiedad, o algo así.

Lab asintió mientras entraban por su calle.

—A mí también me pasa…, a veces —murmuró.

—Puedes decírmelo cuando te ocurra —dijo Peño.

—Tú también —repuso Lab.

Peño le dio una palmadita en el hombro.

—Vamos a conseguirlo, hermano.

—Ya lo sé. Y ahora, ¿vamos a hablar de la montaña esa o qué?

Peño rio. Hablaron de Rain, de los trofeos, de los extraños castillos que aparecían en el gimnasio. Ninguno se disculpó por su pelea, ni tenían por qué hacerlo. Por una vez, ambos ya habían dicho suficiente.

8

SOLO

Si no te gusta estar solo,
tienes que aprender a gustarte a ti mismo.

PROVERBIO 4 WIZENARD

El día siguiente, Peño y Lab estaban cruzando el aparcamiento. Sus zapatillas pisaban el pavimento agrietado y las borrosas líneas blancas. La ola de calor de julio estaba en su momento álgido. La contaminación llegaba desde el viejo barrio minero. Pronto sería como una manta en el cielo. Pero, de momento, el sol brillaba en lo alto.

Ese día, Peño se sentía mejor. Había puesto un poco de tierra en una taza vieja, había plantado la semilla y la había colocado en el alféizar de la ventana de su cuarto. Después, él y Lab estuvieron lanzando tiros contra la pared de ladrillos en casa durante casi tres horas, soltando todo el miedo, dudas y alivio que habían pasado durante su experiencia en la montaña. Peño hizo una gran cena. Lab y él se quedaron levantados para cenar con su padre. Sin peleas ni recuerdos. Solo risas. Por supuesto, aquello no podía durar para siempre.

—No gustas a las chicas, Peño —dijo Lab, poniendo los ojos en blanco.

—A ninguna que te haya contado.

—Pues cuéntame.

—Métete en tus asuntos —dijo Peño.

—Tu lamentable excusa de «mi vida social es asunto mío».

Peño se volvió.

—Tú sí que no tienes vida social.

—Tengo amigos —respondió Lab. Se le enrojecieron las orejas—. Y sabes que les gusto a las chicas.

Peño se rio.

—¿Qué chicas?

—Son demasiadas para decirlas todas —dijo Lab.

—Los personajes de los libros no cuentan.

Peño abrió las puertas delanteras. Reggie, A-Wall y Twig ya estaban allí.

—No has salido ni un fin de semana este verano —señaló Peño.

—He estado ocupado.

—¿Haciendo qué? Reconócelo, Lab: eres un ermitaño.

Lab frunció el ceño.

—A veces, me gusta estar solo. Demándame.

—Pues te demando unos *snacks* de queso.

—Graciosísimo.

Se sentaron y se quitaron las zapatillas de calle. Peño bostezó y se estiró.

—¿Peño bostezando? —preguntó Reggie, alzando una ceja—. Eso es nuevo.

—Nos quedamos levantados hasta tarde —dijo Peño—. Cenamos con papá.

—¿Qué comisteis?

—Lo que suele cocinar Peño: carne de cartón y arroz rancio —dijo Lab.

Peño lo miró furioso.

—La verdad es que era un cerdo delicioso, arroz y judías. Sí, el cerdo estaba un poco... duro. Y el arroz un poco rancio. Por no hablar de las judías. Pero con un poco de salsa (la que yo hago) y un poco de amor, todo salió bien. Papá dijo que estaba inspirado.

—Llevaba trabajando dieciséis horas, así que no es de extrañar —dijo Lab—. Su opinión era un poco sesgada.

Peño soltó un suspiro exagerado.

—Ya veis a lo que me tengo que enfrentar.

Reggie rio y se fue a tirar a canasta. Peño pronto lo siguió: triples, lanzamientos en suspensión, entradas a canasta. Rain fue el último en llegar: entró en tromba, sin aliento.

—¿Te has dormido? —preguntó Peño.

—¿Cómo lo has adivinado? —preguntó sarcástico Rain.

Rain acababa de atarse los cordones de las zapatillas cuando se abrieron las puertas. Pero esta vez no fue solo el viento. Una ráfaga de nieve entró en el gimnasio y giró por el parqué, formando figuras, rostros y jugadores que corrían por la cancha. Cuando llegó al centro, el frente nevado se convirtió en un embudo y entró en erupción, dispersando copos que se fundieron y desaparecieron antes de llegar al suelo. Un silencio anonadado recibió a Rolabi cuando entró.

—Francamente, tengo que practicar mis entradas —murmuró Peño.

—¿Sigo soñando? —preguntó Lab a su lado.

Rolabi se detuvo en el centro de la cancha.

—Los sueños son fugaces. Una voluta de humo y desaparecen.

—Es demasiado temprano para filosofías, entrenador —dijo John el Grande.

—Yo tengo sueños —dijo Peño—. Son necesarios. A veces te animan a continuar.

—Un sueño no es nada sin una visión —respondió Rolabi—. No soñéis: aspirad. Encontrad los peldaños de la escalera y subid. Y escoged correctamente. Si un sueño puede conseguirse sin trabajar, sin sacrificio, entonces es inútil: no os aportará alegría. No os lo habéis ganado, así que no lo poseéis. No deseéis sueños efímeros. El camino de vuestros sueños está empedrado de dificultades.

—Estoy preparado —susurró Peño.

Todavía no.

—Poneos en fila frente a mí —dijo Rolabi—. Hasta ahora, tres de vosotros habéis atrapado el globo.

«¿Tres?» Peño miró a Lab, pero su hermano hizo un pequeño gesto negativo con la cabeza.

—Es bueno reconocer quién nos está defendiendo todo el tiempo —continuó Rolabi, con los ojos ahora puestos en el techo—. Usar las ventajas del tamaño y la velocidad cuando existan. Sin embargo, antes de eso, hemos de entender lo que significa atacar como equipo. Así eliminamos esas ventajas y creamos buenas defensas.

La mitad de las luces fluorescentes parpadearon y se apagaron. Las que estaban «detrás» del equipo se habían apagado, dejando solo un resplandor tenue y extraño que procedía de las bombillas que quedaban, como un foco desvaneciéndose que brillara en sus ojos.

—Aprenderemos a atacar como un solo hombre. Sin embargo, primero, necesitamos defensores.

Rain gritó una advertencia. Peño se giró en redondo. Su sombra, que había tomado forma bajo las luces desiguales, se estaba poniendo de pie. Se desentumeció los dedos y dio unos saltitos. Peño se dio cuenta de que era una copia exacta de sí mismo: el mismo tamaño, la misma forma. Su sombra se colocó frente a él, como si también estuviera sorprendida de verlo.

—No me hace gracia —dijo Peño.

—Os presento a los defensores de hoy —dijo Rolabi—. Deberíais conocerlos bien.

La sombra de Peño se adelantó con la mano extendida. Peño dio un gran paso hacia atrás. La sombra sacudió su mano con impaciencia y señaló un reloj invisible. Peño extendió su mano dubitativo para estrechársela y la sombra la apretó, provocándole escalofríos por todo el brazo.

—Tranquilo, amigo —dijo Peño—. No me hagas ir a por una linterna.

—A sus puestos, defensores —dijo Rolabi.

Cinco sombras corrieron a sus puestos de defensores mientras el resto se apartaba para esperar.

—Creo que es obvio quién os defenderá a cada uno —continuó Rolabi—. Pero no va a ser un *scrimmage*. Nos limitaremos a trabajar nuestro ataque. Iréis sustituyéndoos a medida que avancemos. Empecemos como de costumbre. Titulares, adelante.

Rolabi lanzó un balón a Peño. A pesar de que se alegró de seguir siendo un titular, al menos de momento, no le hubiera importado que Vin tuviera que enfrentarse primero a las temibles sombras.

Peño suspiró hondamente.

—Alineaos.

Botó el balón. Su sombra se inclinó, extendiendo las manos y moviéndose con vivos pasos cortos y fuertes. Era tal y como Peño defendía, una posición de la que estaba orgulloso. Le parecía que su sombra iba a hacer lo mismo.

—¿Puedes hablar? —preguntó Peño.

La sombra negó con la cabeza.

—Vale, sin hablar —dijo Peño—. ¡Rain!

El ataque de los Badgers fue muy simple. Peño pasaría a Rain en la posición de alero por la derecha; luego lanzaría un triple o penetraría hasta canasta. Si por casualidad era bien defendido y no podía hacer ninguna de esas dos cosas, empezarían de nuevo. Pero no creía. La mayor parte de los puntos extra que anotaban nacían de los rebotes capturados tras los tiros fallados de Rain.

Rain cogió el pase y cortó…, pero su sombra estaba junto a él, impidiéndole el paso todo el tiempo. Trató de amagar y retrocedió para hacer un tiro en suspensión, pero su sombra se interpuso con el brazo en alto. Rain quedó anulado y pasó la pelota a Peño, enfadado. Peño se la pasó a Lab, que también estaba boquiabierto.

No era solo que los defensores fueran iguales que ellos en tamaño y fuerza; también sabían exactamente lo que les gustaba hacer en ataque. Eso eliminaba el factor sorpresa.

—Intenta jugar con el poste —gritó Lab, devolviendo el balón a Peño.

Peño atrapó el pase y lo protegió, llevándose un duro golpe de su oponente.

—¡Cuidado! —silbó Peño.

La sombra se encogió levemente de hombros y jugó con más dureza aún. Peño tuvo que amagar dos veces para poder hacer llegar la pelota a Twig, que fue capaz de avanzar para hacer una bandeja… y recibió un tapón legendario.

—Creo que nuestras sombras defienden mejor que nosotros —dijo Lab, cuando fue el turno de que salieran los jugadores del banquillo.

—También les gusta hacer faltas —murmuró Peño.

Su sombra empezó a tocar un pequeño violín invisible.

Los jugadores del banquillo tampoco consiguieron anotar. Los titulares volvieron a la cancha.

Peño trató de llevar la pelota hasta Rain, pero su sombra seguía más que atenta. Interceptó la pelota, chocó las manos con la sombra de Rain y se pavoneó ante Peño.

—Ha sido palo —gruñó Peño.

Su sombra asintió, como si se estuviera disculpando. Extendió la mano para estrechársela. Pero cuando Peño le correspondió el gesto, su sombra la retiró rápidamente y se la pasó por el pelo.

La sombra de Rain rio en silencio y palmeó en la espalda a la sombra de Peño.

—Esa sombra acaba de hacerte sombra —dijo Jerome desde la línea lateral.

—Muy gracioso —repuso Peño.

Siguieron hacia delante y hacia atrás durante una hora, pero no consiguieron mucho más. A Peño le robaron el balón seis veces y fue taponado otras dos. Su sombra saltaba, agarraba y jugaba la defensa más dura a la que Peño se hubiera enfrentado nunca. Cada lanzamiento rechazado se celebraba: pavoneos, *moonwalks*, gestos de la mano. Su sombra se lo sabía todo.

—Nuestras sombras son insoportables —dijo Peño, viendo como la suya golpeaba a Lab en el pecho.

—Me he dado cuenta —murmuró Lab.

—Descanso —dijo Rolabi, con un atisbo de diversión en la voz.

Peño bebió agua. Se había esforzado al máximo, pero no había servido de nada. Su sombra defendía demasiado bien... Resultaba imposible deshacerse de ella. Era irónico.

—¿Por qué estáis perdiendo? —preguntó Rolabi, acercándose a ellos.

Peño rio burlón.

—Porque estamos jugando con sombras mágicas.

—Estáis jugando con vosotros mismos —dijo Rolabi—. Solo que más centrados.

Peño enrojeció al oír aquello.

—Estamos jugando uno contra uno —dijo Rain—.

Supongo que nunca he pensado en ello, pero es evidente. Nuestro plan es llegar al tipo que tenga más posibilidades de encestar, pero eso es todo. Y es difícil porque esas… cosas saben cómo jugamos.

—Exacto —dijo Rolabi, asintiendo hacia él con aprobación.

—Pero así es como se juega al baloncesto —dijo Peño—. Se puede pasar y bloquear, pero, al final del día, no haces más que darle el balón a la persona que tiene que lanzar. Eso es el baloncesto. Incluso entre los profesionales.

—A menudo, eso es cierto. Pero, realmente, ¿no somos más que cinco jugadores que están atacando a otros cinco? Si es así, ¿por qué no entrenamos por separado? ¿Por qué íbamos a entrenar todos juntos?

Peño se quedó pensando en ello.

—Bueno, tenemos que pasarnos unos a otros y eso…

—Como jugáis al ataque es como la mayoría de gente lo hace. Es efectivo, hasta que deja de serlo. El jugador más experto del mundo, y solo él, tendrá siempre una ventaja. Los demás tienen que crearse ventajas para sí mismos. Y eso solo puede hacerse con la ayuda del equipo.

—Pero… —dijo Peño.

—Si defendemos como un equipo, jugamos ataque como un equipo. Hablamos, planeamos y miramos el suelo.

—Pero... —volvió a decir Peño.

—Atacamos individualmente. Y eso empieza con un simple foco. A vuestros puestos, por favor.

Peño suspiró y se fue a su posición. Su sombra se agachó otra vez, saludándolo con la mano.

—¿Sabes?, eres una especie de cretino —dijo Peño.

Pero ¿quién ensombrece a la sombra?

Peño miró enfadado a Rolabi. Al hacerlo, se dio cuenta de que las luces que quedaban encendidas se estaban oscureciendo. Solo quedaban tres filas de bombillas, e incluso aquellas parecían estar perdiendo potencia rápidamente.

—Peño, pásale la pelota a Rain —dijo Rolabi.

Peño obedeció, bizqueando en la oscuridad. Una zona de luz se derramó alrededor de Rain. Su sombra retrocedió, dejándole sitio. Pero cuando Rain empezó a botar, la oscuridad volvió a caer sobre él.

—¿Qué está pasando aquí? —preguntó Rain, mirando desconcertado a su alrededor.

Peño se estaba preguntando lo mismo. Se dio cuenta de que su sombra estaba creciendo.

—Oh, qué bien —murmuró.

—¡Twig! —gritó Rain, y metió un pase a la zona.

De pronto, Twig se vio iluminado por un fuerte resplandor blanco.

—El pase —dijo—. ¡Nos ilumina!

—Las opciones iluminan la cancha —asintió Rolabi—. Cuando todo el mundo se mueve, la oscuridad se va.

«Opciones. Eso significa cualquiera que se abra», pensó Peño.

Peño recibió el balón y el foco se movió hacia él: su sombra se encogió hasta su tamaño normal. Rain cortó hacia canasta y Peño, aún iluminado, se la pasó. Pero en cuanto Peño se detuvo en su posición habitual, el espacio que tenía a su alrededor se oscureció de nuevo.

«No pueden verme cuando estoy quieto —se dijo—. Y yo no puedo verlos a ellos.»

A-Wall estaba desvaneciéndose deprisa en el poste bajo.

—¡Tenemos que seguir moviéndonos! —gritó Peño.

Y eso hizo. Peño nunca había cortado tanto en su vida. Se vio a sí mismo en el ala, en la esquina, incluso debajo de canasta; cualquier cosa que mantuviera las luces encendidas y que mantuviera a raya a sus sombras. Siempre había estado tan atrapado en la posición de fuera de la zona que casi había sentido que no podía abandonarla. Ahora no tenía más remedio que aventurarse y participar. Pronto estuvo cerrando los rebotes cerca del aro, haciendo retroceder a las sombras.

Pronto entendieron el «ataque del foco». Las mejores opciones siempre eran las más brillantes, lo que facilitaba escoger los pases; Peño no tenía más que seguir la luz. Mientras mantuviese alta la cabeza, vería las buenas posiciones de sus compañeros. Normalmente, si se acercaba a la canasta, la defensa se cerraba a su alrededor y ahí estaba perdido. Ahora A-Wall y Twig iluminaban «desde atrás» a los defensores que se cerraban. Peño podía filtrarles pases picados para que anotaran fácilmente.

También estaba utilizando a los demás a su favor. Utilizaba pantallas y amagaba sus pases. Su sombra tropezaba constantemente con Twig y con A-Wall: estaba empezando a enfadarse. La sombra movía las manos a sus compañeras sombras. Pero la diferencia real era que hablaban.

Peño nunca había oído a los Badgers hablar tanto, al menos no con las luces encendidas. Hasta Twig avisaba de bloqueos, y se movía, y lanzaba. Por así decirlo, se les escuchaba jugar.

Finalmente, Rolabi se acercó con la flor.

—Es suficiente por hoy —dijo—. Sentaos y observad. Gracias, caballeros.

Peño se sentó frente a la flor, centrándose en ella. Por una vez, no sintió la necesidad de moverse o agitarse. Estaba absorto, pero se dio cuenta cuando la sala cayó en un silencio aún más profundo. Al alzar la cabeza, vio que el globo había vuelto y flotaba solo a unos tres metros. Peño se movió cautelosamente.

—Ya estamos otra vez —murmuró Lab.

Vin empezó. Y luego lo siguieron Lab y Peño, que

corrieron tras él. Trató de pescar el globo, pero falló. Casi se cae. Se volvió y vio que Devon, Twig y Jerome seguían sentados alrededor de la margarita con las piernas cruzadas.

«Esos son los tres que ya lo han atrapado», comprendió.

Arremetió como un loco contra el globo y acabó de cara sobre el parqué.

—Au —murmuró.

El globo se detuvo delante de Rain. Peño rodó sobre la tripa, esperando el enfrentamiento. Rain se acercó despacio. Entonces, cuando el globo dio un brusco giro, el chico pivotó sobre un talón y lo agarró con la mano derecha. Rain sonrió y desapareció.

Peño alcanzó a Devon, que se dirigía al banquillo. Peño y Lab habían estado hablando de su robusto compañero nuevo la noche anterior… y habían hecho un par de apuestas. Pensó que era un buen momento para resolverlas.

—Lab y yo hemos hecho una apuesta —dijo, caminando hasta Devon—. ¿Por qué estudias en casa?

Devon se movió.

—Porque… me gusta más —dijo Devon.

—Oh —dijo Peño, decepcionado—. Apostaba a que tus padres te obligaban. ¿Cuánto tiempo llevas haciéndolo? No conozco a nadie que se eduque en casa, ¿sabes? Tiene que estar muy bien.

—Este es el cuarto año.

—¿Así que antes ibas a una escuela normal? —preguntó Peño.

—Sí.

«Vale. Todavía puedo ganar la segunda apuesta», pensó Peño.

—¿Por qué lo dejaste?

Devon pareció agitado.

—No..., no encajaba.

—Oh —dijo Peño, de nuevo decepcionado—. Pensaba que te habían expulsado. No quería ofender, ¿eh?

Devon miró a Peño desde arriba: le sacaba una cabeza y era más del doble de ancho. No parecía tener encima ni un gramo de grasa.

—Tío, me gustaría parecerme a ti —dijo Peño—. Tus brazos son más gordos que mi cintura.

Devon se frotó el brazo.

—A veces me siento un poco... demasiado grande.

Peño se rio.

—¿Demasiado grande? Aprovéchalo, chavalote. ¿Sabes cómo me llama a mí la gente?

—Hmmm..., no.

—Gamba, niñito, bebé bigote...

Devon soltó una risita y Peño sonrió.

—Sí, supongo que eso último no se refiere a mi altura —dijo, acariciando los pelos sueltos por encima de su labio—. La cuestión es que no dejo que eso me afecte. ¿Qué más da? Soy bajo. Aun así juego mejor que todos ellos. Tú eres bestial, tío. A por ello. Úsalo. Y si la gente te pone motes, sonríe y pasa de ellos.

Devon forzó una sonrisa.

—Sí…, tienes razón.

—¡Claro que tengo razón! Pronto lo descubrirás. —Peño se detuvo a media frase. No era de extrañar que Devon no hablara; Peño aún no lo había iniciado—. ¡Oye, tú no tienes mote!

—Yo…, bueno, todavía no.

—Eso es cosa mía. Estoy abandonando mis obligaciones.

—No te preocupes por eso…

Peño le hizo un gesto con la mano, pensando. Necesitaba algo bueno. Algo que pusiera en marcha a Devon. Sin duda, era tímido: así pues, algo que tuviera tirón. Algo atractivo. Habló mientras pensaba, enumerando todos los demás motes que había inventado, esperando que uno de ellos le sugiriese una idea.

—Y tú, tú simplemente eres enorme. Un bruto. Una bestia. ¿El Toro?

La sonrisa de Devon se desvaneció y Peño alzó la mano al ver su disgusto.

—Bueno, pasa de eso. Demasiado evidente. —Hizo una pausa—. ¿Gran D?

Devon pareció más deprimido todavía.

«Nada sobre su tamaño, idiota —se regañó Peño a sí mismo—. Necesita seguridad.»

Entonces lo vio.

—Te voy a decir qué... Vamos a ponerte uno que te tengas que ganar.

—¿Cómo qué?

—Cash Money. Ya sabe... «efectivo» en inglés —dijo orgulloso—. Cash, para resumir. Cada vez que lleves la pelota al poste bajo, puedes «cobrarla», porque nadie puede detener al hombretón.

Devon rio al oírlo..., un rugido profundo y resonante.

—¡Es Cash! —dijo Peño—. ¡Vamos, chaval! ¡Cash a por el título!

Chocó los cinco con él y se fue a por Rain, que acababa de volver a entrar en Fairwood. Quería que le informara un poco sobre el globo. Que le dijera adónde lo había llevado.

Peño oyó una voz baja detrás de él.

—Cash..., sí, me pega mucho.

Peño sonrió. Esperaba que Cash empezara a sentirse un poco más en casa con los Badgers. Ahora solo tenía que ayudarlo a encajar y a ser la bestia que, evidentemente, estaba destinado a ser. Peño era capaz de hacer eso continuamente. Se le daba muy bien motivar a la gente.

—¿Te encuentras bien? —preguntó a Rain.

Rain vaciló.

—Sí, estoy bien.

Rain caminó hasta el banquillo, algo desconcertado. Peño decidió no molestarlo. Quizá no debería saber nada.

Suspiró y decidió animarlo.

Rain el jugador,
el gran tirador,
puede no sentirse bien,
arrollado por un tren.
Pero, cuando empieza el juego,
todo en él es puro fuego.
Es, sin duda, el ganador.
Rain, de todos, el mejor.

Rain se rio y negó con la cabeza.

—¿Estás seguro de que te encuentras bien? —dijo Peño, levantando el puño.

Rain chocó con él la mano.

—Ya lo sabes.

Mientras Peño se ponía las zapatillas, repitió mentalmente unas palabras en voz baja: «En el lugar donde más temes estar». No tenía ni idea de lo que significaban, pero sospechaba que no le iba a gustar.

⟨9⟩

EL EMPUJÓN

No debemos temer lo que no podemos controlar, pero podemos aprender a controlar nuestro miedo.

◆ PROVERBIO (49) WIZENARD ◆

Peño no durmió bien. Soñó con barcos que se hundían, carreteras que se deslizaban hacia la niebla y montañas que se caían. Quizá la cena le hubiera sentado mal. Había cocinado una pasta tan deslucida que ni siquiera Lab tuvo el valor de meterse con ella. Más tarde, cuando no podía dormir, Peño leyó sus viejos libros e hizo girar el balón sobre un dedo. Tenía la sensación de que se estaba perdiendo algo. Se despertó tarde. De hecho, Lab lo despertó «a él» por primera vez en su vida, y ambos se fueron corriendo al entrenamiento.

Cuando llegó, Peño decidió trabajar su juego con Cash. El chicarrón estaba ahora en el poste bajo. Peño le lanzó la pelota haciendo un arco. Cash se volvió bruscamente y encestó con una sonrisa.

—¡Eso es, hermano! —dijo Peño, abriendo una caja registradora imaginaria—. ¡Cóbratelo!

Devon le lanzó la pelota de vuelta a Peño, que alzó una mano, recitando en verso libre:

Cash es un tío muy cachas.
En el poste bajo es un hacha.
Puede que se eduque en casa,
pero en la cancha es el...

Peño se quedó en blanco y se rascó la nuca. Aún podía conseguirlo.

Estudia en casa,
pero en la cancha se pasa.
Es un tío musculitos,
que se come los ganchitos...

Peño dudó.

—Desde luego, no es mi mejor obra.

—Eso es quedarse corto —repuso Lab—. Pero… espera. ¿Alguna vez has hecho algo mejor que eso?

—Cállate.

Peño botó por la línea lateral, imaginando que las gradas estaban llenas de gente. Estaba impaciente por que empezaran los verdaderos partidos. La emoción de entrar en la cancha, el equipo rival al otro lado, los gritos y aplausos. Su padre animándolos, cuando podía. Peño cerró los ojos. Casi podía oír las voces.

—Nos quedan dos días de nuestro campamento de entrenamiento —dijo Rolabi, entrando en la cancha—. Y dos chicos aún no han atrapado el globo.

Después de unas cuantas palabras más, se dirigió a las puertas. Los chicos se quedaron confusos en el centro de la cancha.

—¿Hoy no entrenamos? —preguntó Peño.

—Oh, sí. Pero no me necesitáis —dijo el profesor.

—¿Qué tenemos que hacer? —le gritó Rain.

Rolabi miró hacia atrás.

—Lo dejo en vuestras manos.

Las puertas delanteras se abrieron de par en par y Rolabi salió. Cuando se volvieron a cerrar, desaparecieron en los bloques de cemento. Peño miró con aprensión a la pared lisa. La única entrada y salida al Centro Comunitario de Fairwood había desaparecido. El equipo estaba atrapado dentro.

—Genial —dijo Peño—. Supongo que quiere asegurarse de que no nos vamos demasiado pronto.

—No estaría tan seguro —repuso Twig.

En cuanto Twig dijo aquello, un espantoso chirrido llenó el aire. Peño se cubrió las orejas y observó con horror cómo las dos paredes que bordeaban la cancha a lo largo empezaban a avanzar.

—Es imposible —suspiró Vin.

—La posibilidad es subjetiva —murmuró Lab—. ¿Alguna idea?

Peño dejó caer el balón, observando cómo una de las paredes empujaba las gradas hacia delante.

—Quizá tengamos que anotar otra vez una canasta —sugirió Vin.

Agarraron los balones y empezaron a lanzar. Peño anotó un tiro libre y un triple; aunque debido al ruido y a las paredes que avanzaban le costó varios intentos. Todos anotaron al menos una vez. Pero las dos paredes seguían avanzando, acercándose cada vez más.

—Esto es inútil —dijo Lab—. Practicamos los lanzamientos a canasta hace dos días. No iba a repetirlo...

Peño trató de pensar. ¿Qué otra cosa necesitaban? ¿Qué más había?

Cash corrió hacia las gradas y agarró un extremo, tratando de separarlas de la pared.

—¡Ayuda! —gritó.

El equipo se puso a trabajar y entre todos pudieron mover las gradas. El padre de Peño le había dicho una vez que habían sido montadas «dentro» del gimnasio. A juzgar por los profundos surcos que dejaron en el parqué, probablemente nunca se habían movido desde entonces. Cuando las gradas estuvieron lo bastante alejadas de la pared, Peño corrió hasta el otro extremo y empujó, haciendo fuerza con las piernas hacia delante como si fueran correas de tanque.

—¡Volvedla de lado! —gritó Rain—. ¡A la de tres! ¡Una..., dos..., tirad!

Les dio el tiempo justo. Hicieron deslizarse las gradas entre las dos paredes. Peño se dejó caer, exhausto. Nadie habló mientras las paredes se cerraban a buen ritmo sobre las gradas, como enormes mandíbulas abiertas.

«Las gradas están hechas de acero sólido —pensó—. Podría funcionar.»

Una vez más, se equivocaba. Con un crujido metálico espantoso, las gradas empezaron a doblarse bajo la presión; los extremos se plegaron hacia dentro y se doblaron en el centro formando una U invertida.

El corazón de Peño se aceleró. Corrió hasta donde habían estado las puertas delanteras, tocando desesperado la pared para ver si es que eran invisibles. Pero solo sintió la superficie rugosa del cemento.

Golpeó la pared con los puños.

—¡Rolabi! —gritó—. ¡Ayúdenos! ¡Que venga alguien!

Nadie respondió.

—¡Mirad! —gritó Cash.

Peño se dio la vuelta y vio el globo flotando a unos seis u ocho metros por encima de ellos, como si se estuviera burlando. Pudo sentir en sus huesos el frío que siempre acompañaba a aquel globo. Pero ese día era demasiado tarde: estaba demasiado lejos.

—Justo a tiempo —dijo Peño.

—¡Alguien puede salir de aquí! —gritó Twig—. Desaparecisteis, ¿os acordáis?

—Solo los que no han atrapado aún el globo —dijo Reggie—. Solo funcionará con ellos.

Peño sabía que eran Lab y él. Sin pensar, se volvió hacia su hermano pequeño. Lab le devolvió la mirada, atontado. ¿Y si solo uno de ellos podía escapar? Peño entrecerró los ojos.

Iba a ser Lab.

—¡Subid a las gradas! —gritó Lab.

No había otra cosa que hacer. Peño trepó por las gradas, aupándose por el acero doblado hacia el doblez en forma de arco que las paredes empujaban sin cesar hacia arriba. El acero estaba pringoso de viejas manchas de refrescos. Peño agarraba, tiraba y empujaba a los jugadores que iban por delante para ayudarlos a subir. Cuando llegó a lo alto de la estructura de acero, Lab extendió la mano para agarrar el globo.

Aún estaban muy abajo; faltaban dos o tres metros por encima de ellos.

Peño se volvió hacia las paredes. Aquello significaba el fin de los Badgers: se estaban acercando muy rápidamente. Empezó a temblar. Todo había sido inútil: la montaña, las sombras. Había trabajado tanto, y al final, iban a morir. Se sintió derrotado y se volvió hacia Lab.

Sus miradas se cruzaron, pero no dijeron nada.

Entonces Devon hizo un último movimiento. Se

dejó caer a cuatro patas, colocando los pies contra un banco curvado de acero y agarrando otro banco con sus fuertes dedos.

—¡Vamos! —dijo—. ¡Formad una pirámide!

No había tiempo para discutir. Twig, A-Wall, John el Grande y Reggie se dejaron caer junto a él, formando una base irregular. Rain, Jerome y Vin treparon a continuación, oscilando y agarrándose a los hombros de los otros. Solo quedaron Lab y Peño, que treparon hasta lo alto, agarrándose de las manos del otro por cada lado para subir. Peño hundió sus zapatillas en las espaldas de sus compañeros, pues no tenía otra opción. Pero nadie gritó ni se quejó. Peño y Lab llegaron finalmente a lo más alto, agarrándose cada uno a los brazos del otro para equilibrarse.

Sus miradas volvieron a cruzarse y ambos alzaron la vista hacia el globo. Seguía estando a tres metros. Ni siquiera Lab podía alcanzarlo, no sin un poco de ayuda. Por suerte, su hermano mayor estaba allí.

Peño se agachó y unió las manos para formar un peldaño.

—Vamos.

Lab frunció el ceño.

—Peño, ni siquiera lo hemos hablado...

Peño negó con la cabeza.

—No discutas conmigo. No pienses ni por un momento que voy a abandonarte. Ahora...

Los ojos de Lab se llenaron de lágrimas. Peño quería abrazarlo. Pero no había tiempo. Pasara lo que pasase, iba a salvar a su hermano pequeño.

—Yo tampoco puedo abandonarte —soltó Lab a trompicones.

—¡Estaré bien! Ahora, usa esos diez centímetros de más ¡y salta!

—Peño…

—¡Uno…, dos… y tres! —gritó Peño—. ¡Ya!

Lab colocó el pie sobre las manos de Peño y saltó. Peño empujó desde las rodillas con todas sus fuerzas, estirando las piernas e impulsando a su hermano hacia arriba. El tiempo pareció ralentizarse de nuevo. Entonces los dedos de Lab se cerraron sobre el globo y desapareció. Peño sonrió sin mirar siquiera a su alrededor. Las paredes ya no importaban. Al menos, Lab estaba a salvo. Y, en ese momento, las paredes empezaron a retroceder.

—¡Baaaaadgers! —gritó Peño, agitando el puño por encima de su cabeza.

—¡Badgers! —gritaron los demás con él.

Peño se bajó y ayudó a los demás a levantarse. Del grupo surgieron risas y vítores mientras las paredes retrocedían, revelando los destrozos que habían provocado. Pero Fairwood no estuvo mucho tiempo destrozado.

Las gradas se estiraron y se recolocaron. Los tableros destrozados se rehicieron formando brillantes espirales de cristal como pequeñas galaxias. La pulpa en la que se habían convertido los dos banquillos se recuperó, así como los banderines rotos, y hasta las bolsas del equipo. El gimnasio no solo se reconstruyó. Estaba como nuevo. Reluciente e impecable.

Era como el Fairwood de antes, el que él había imaginado cuando los equipos del West Bottom no estaban hundidos en la miseria. Se preguntó si podrían llenar este gimnasio con nuevos banderines. Imaginó colocar uno en la pared norte y sonrió.

—Buen lanzamiento —dijo Rain, acercándose.

Peño chocó los cinco con él.

—Son los músculos del gigante. ¿Dónde crees que estará mi hermano?

Justo en ese momento, Lab reapareció. Peño comprobó que estuviera bien y lo envolvió en un abrazo.

—¿Qué has visto? —preguntó Rain.

Lab lo miró.

—El futuro.

—¿Y? —preguntó Peño en voz baja.

—Nos enfrentaremos juntos a él —susurró Lab.

Peño volvió a abrazarlo y sintió que los ojos se le llenaban de lágrimas. El globo volvió, más pequeño esta vez, esperando al último. Peño finalmente se apartó, agarrando la cara de su hermano.

—¿Está flotando la barca?

Lab abrió mucho los ojos. Entonces, asintió.

—Está flotando.

Peño sintió que se le quitaba un gran peso de encima..., un peso que ni siquiera sabía que estaba allí.

Ahora estás preparado. La carretera espera.

«¿La carretera adónde?», pensó.

¿Acaso importa?

Peño lo pensó un momento.

—No —murmuró—. Supongo que no.

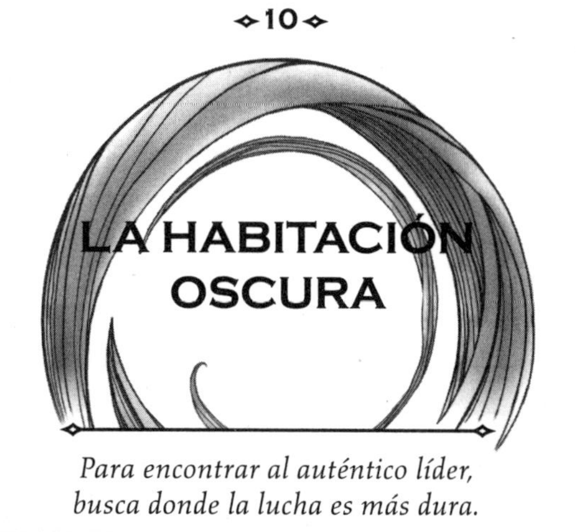

10
LA HABITACIÓN OSCURA

Para encontrar al auténtico líder,
busca donde la lucha es más dura.

PROVERBIO 3 WIZENARD

Peño sacó su balón el día siguiente, mirándolo pensativo. Estaba sentado en el banquillo titular con Lab, viendo cómo calentaban Reggie y Twig. Aún no había llegado nadie más.

—El último —dijo Peño, triste al darse cuenta de que su rutina matinal estaba a punto de cambiar—. Han sido diez días de locos.

—Han pasado rápido —asintió Lab.

Peño trató de recordar el primer día, antes de que Rolabi hubiera entrado.

—Todo parecía mucho más fácil hace diez días.

—Sí. Pero no lo echo de menos —dijo Lab.

Peño miró a su hermano. Había decidido no presionarlo con nada. Simplemente, le dijo que podía hablar con él de lo que quisiera, sin juicios ni consecuencias. Pero Lab lo había ayudado a hacer la cena por primera vez en su vida y Peño lo había pillado sosteniendo la foto de su madre junto a la repisa de la chimenea. Para él, algo había cambiado. Un muro había caído.

—Echo de menos a mamá —dijo Lab de pronto.

Peño sonrió.

—Has dicho la palabra.

—Sí. Creo que ya es hora. ¿Qué crees que diría de esto? —Lab hizo un gesto vago hacia el gimnasio.

Peño lo pensó.

—Diría que tenemos que salir este año a darle una patada en el culo a alguien.

—Eso no sería nada propio de ella —respondió Lab.

—Lo sé. Pero es lo que digo yo. Y ahora soy el jefe.

Lab se rio y lo empujó. Peño le revolvió el pelo y se puso de pie, estirándose.

—¿Vas a empezar a cocinar más a menudo?

Lab soltó una risa burlona.

—Si queremos sobrevivir esta temporada, será mejor que lo haga.

Se fueron a calentar juntos. Peño había cambiado su rutina. Solía lanzar desde el tiro libre y avanzar desde allí. Pero ahora veía que se había estado limitando. Así pues, lanzó triples desde la esquina, trabajó desde el poste bajo, en los cortes hacia dentro y hacia fuera, antes de liberar espacio. No todos sus tiros entraron. La mayor parte los falló. Pero volvía a intentarlo.

Mientras entrenaba, Peño vio que Lab lanzaba con regularidad. Vio que Rain hacía un mate. Sabía que iban por delante de él. A pesar de todos sus esfuerzos, a pesar de todo lo que había crecido como persona, seguía rezagado. Sintió que el frío lo atrapaba de nuevo. Una verdad dolorosa.

—Reuníos. —Rolabi había llegado—. Todos menos uno habéis atrapado el globo. ¿Por qué?

Peño se movió inquieto. Él era el último, y todos lo sabían. Sin embargo, de algún modo, no había sentido que aquello fuera una carrera. No lamentaba su decisión del día anterior. Curiosamente, le gustaba ser el último.

—¿Porque… nos dijo usted que lo hiciéramos? —dijo Vin, mientras formaban un semicírculo.

Rolabi se volvió hacia él.

—Pero ¿por qué? ¿Qué descubristeis?

—Nuestros miedos —murmuró Reggie.

Rolabi asintió, volviéndose hacia la fila de banderines que colgaban en la pared norte.

—Si una cosa os detiene en la vida, es eso. Para

ganar, debemos vencer nuestros miedos. En el baloncesto. En todo.

—Pero… lo hicimos, ¿verdad? —preguntó John el Grande.

—Al miedo no se le vence tan fácilmente —dijo Rolabi—. Volverá. Debéis estar preparados. Tenemos mucho que trabajar antes de que empiece la temporada. Hoy repasaremos lo que hemos aprendido hasta ahora.

Hubo un repentino sonido como si alguien rascara.

—Twig, conoces el ejercicio —dijo Rolabi, metiendo la mano en su maletín.

Empezó a colocar otro circuito de obstáculos. Kallo volvió. También lo hicieron las sombras. Rolabi sacó cascos y almohadillas. Los recuerdos del campamento de entrenamiento pronto se acumularon sobre el parqué.

—Formad una fila, por favor —dijo Rolabi—. Empezaremos con un circuito de tiros libres. Correremos en círculo hasta que alguien anote. Cuando hayamos acabado, observaremos la margarita, para ver si se mueve. Practicaremos pasando junto a Kallo y después nos colocaremos las almohadillas para hacer un ejercicio defensivo. Después, practicaremos la «ofensiva del foco» en la oscuridad y con una pelota fluorescente; después, contra nuestras sombras, que son nuestros oponentes. A continuación, completaremos un circuito con nuestra mano más débil. Finalmente, lanzaremos hasta el final del día y resolveremos otro pequeño acertijo.

—¿Van a pasar cosas raras? —preguntó Vin.

Rolabi lo miró.

—¿Cosas raras?

—No importa —murmuró Vin.

Peño empezó el ejercicio. Era más difícil que nada de lo que habían hecho hasta entonces; todas las dificultades de los ejercicios anteriores volvieron a aparecer. Trató de trabajar sin una mano, salió arrastrándose desde debajo de Kallo, luchó con su incómoda sombra, falló tiro tras tiro. Chorreaba sudor. Le ardían las piernas. Insistió más y más, y, finalmente, se detuvo. El globo estaba flotando frente a él. Peño inspiró profundamente.

—Solos tú y yo, ¿eh? —dijo.

—¡Cógelo, Peño! —gritó Vin.

Peño se movió. Pero esta vez no lo hizo al azar. Esta vez previó las reacciones del globo. Utilizó su entorno. Lo acorraló, lo encerró y, finalmente, con un gran esfuerzo, lo golpeó en el aire, agarrando el líquido negro que salía sobre su pecho como si fuera un trofeo. Y entonces Fairwood desapareció.

Estaba de pie en un suelo de cemento. Todo lo demás estaba abierto.

—¿Hola? —llamó—. ¿Profesor Rolabi?

Giró en un lento círculo. No había muros, paredes: solo oscuridad por todos los lados. Y frío en el aire: un frío que conocía bien.

—¿Peño? —dijo una voz familiar.

Se dio la vuelta y vio a Rain. O algo así. Rain era mayor, quizá tenía veintitantos. Iba vestido con ropa cara, con un pendiente de diamante, una cadena de oro y un reloj caro.

Rain retiró un teléfono móvil de su oreja.

—¿Eres tú?

—Sí, claro —dijo Peño, acercándose corriendo—. ¿Cómo has llegado hasta aquí? Pareces mayor.

Rain soltó una risa burlona.

—¿Yo? Tío, apenas te he reconocido. ¿Cómo van las cosas?

Peño se miró a sí mismo. Iba vestido con pantalones caqui y una camisa verde de golf. Le sobresalía la barriga por encima del cinturón. Sus zapatos estaban sucios y arañados; su reloj, agrietado. Se tocó la cara y sintió un espeso bigote, una frente pesada y bolsas debajo de los ojos.

—¿Qué quieres decir? —susurró Peño—. Nosotros... ¿Cuánto tiempo ha pasado?

—Debe hacer unos diez años —dijo Rain, echándole una sonrisa torcida—. Una locura. Dos títulos, como ya sabes. Están pasando muchas cosas. Está bien volver a casa por un tiempo..., supongo. —Rio—. El lugar sigue siendo un vertedero. No me extraña que Lab no quiera volver.

—Lab... —dijo Peño.

Por detrás de Rain empezaron a pasar escenas como proyectadas en una pantalla gigante. Lab también era mayor y jugaba en la DBL. Peño lo vio alzando el trofeo del campeonato. Vio fans gritando, vio a su padre, encogido pero resplandeciente, mirando desde las gradas. Rain también estaba allí. Lab y él estaban en el mismo equipo. Peño retrocedió lentamente.

—Yo quería jugar —susurró.

—Qué va —dijo Rain—. Tú querías seguir el ritmo. Pero no era lo tuyo, tío. No todos podemos hacerlo, ¿verdad? Tú lo sabías. Pero ya te veremos. Ven alguna vez a los partidos. Puedo conseguirte entradas. —Su teléfono sonó, él lo cogió y soltó una carcajada—. ¿Que cómo está? Como antes. Triste.

Entonces Rain desapareció. Ahora todo el equipo estaba a su alrededor. Su familia también. Su madre estaba allí de pie, de nuevo con un aspecto saludable. Feliz. Se le llenaron los ojos de lágrimas. Pero cada vez que Peño avanzaba hacia ellos, ellos se apartaban. Peño cayó de rodillas, con las lágrimas cayéndole por las mejillas.

—Por favor, volved —susurró.

—No los estás empujando, ¿sabes?

Peño miró tras de sí y vio a Rolabi de pie, fuera del círculo de familia y compañeros.

—Déjeme salir de aquí, por favor —dijo Peño.

—Tú nos has traído aquí —respondió Rolabi tranquilamente—. No yo. Tú los has traído aquí a todos.

—Ojalá no lo hubiera hecho. Y ahora, ¿cómo me voy?

—¿Sabes dónde estás? —preguntó Rolabi.

Peño miró a su alrededor. Sintió el frío en el aire. Vio las caras expectantes.

—Son mis miedos.

—Muy bien. Tus miedos más profundos. En esta habitación, todo lo demás ha sido plantado y ha crecido.

—Pero no entiendo…

—¿Cuál es tu miedo más profundo, Carlos Juárez? ¿Por qué está aquí esta gente?

Peño miró a su madre, a su hermano, al equipo. Pensó en ellos desvaneciéndose a lo lejos cada vez que se acercaba a ellos. Pensó en decir adiós a su madre.

—No puedo seguirles el ritmo —susurró.

—Pero ¿por qué tienes miedo?

Peño titubeó.

—Me…, me da miedo que me dejen atrás.

Las palabras resonaron por la habitación y flotaron en el aire. La gente que había a su alrededor asintió, como si confirmara su teoría. No estaba a la altura de ninguno de ellos. Lo iban a dejar atrás.

—Parecía una mujer maravillosa. Todos asimilamos las pérdidas de manera diferente.

—Mi hermano...

—Lab se escondió de su tristeza, por lo que esta empezó a consumirlo. Cambió el sentido de su propio valor. Se sintió inútil. Sintió que fallaría a la gente.

Peño asintió.

—¿Y tú?

El chico se quedó mirando la imagen fantasmal de su madre.

—Esa fue la primera vez que alguien me dejó. Traté de compensarlo. Pero sentí que ocurriría siempre. Como si siempre me fueran a dejar atrás.

—Y te pueden dejar.

—Pero creí que me había dicho que yo era un líder —susurró Peño.

—Eres un líder, Peño. Pero eso no significa que tengas que liderar desde la primera fila.

—Quiero ser profesional —consiguió decir Peño—. Quiero estar con Rain y Lab.

—Puede que ellos lo consigan y puede que no. Y puede que tú lo consigas, pero puede que no. Esa no es la cuestión.

—¿Cuál es entonces? —preguntó Peño.

—Vayas adonde vayas, ahí estarás. Tu sendero es tu camino. Si echas una carrera al mundo, perderás. Si echas una carrera contra tu hermano, le fallarás...

y también te fallarás ti. Lo mismo ocurre con Rain. Mira.

Peño se volvió. Un millar de imágenes destellaron a su alrededor. Vio a Rain mirando una nota arrugada, lágrimas cayendo sobre el papel. Vio a Twig agachado ante el espejo del baño, derrotado. Vio a Reggie mirando fotos antiguas en la oscuridad de su dormitorio. Vio a John el Grande llorando en su habitación, asustado. Vio a Vin cubriendo un golpe reciente con maquillaje. Y vio a A-Wall durmiendo en el suelo de una casa medio derruida. Vio… dolor.

—Si colocas a la gente en un lugar tan alto que no puedas ver sus defectos, entonces no podrás ayudarlos. —Rolabi le puso una mano en el hombro—. Deja de correr detrás de todos, Peño. Eres un líder. Si ayudas a los demás a llegar a la meta, no te importará no estar con ellos. Entonces, y solo entonces, podrás ganar tu carrera.

Peño sintió que los ojos se le llenaban de nuevas lágrimas.

—No jugaré en la DBL, ¿verdad?

—No lo sé. Pero si esa es tu única meta en la vida, entonces habrás olvidado vivir. —Rolabi hizo girar a Peño para ponerlo frente a él—. Sé un gran jugador, Peño —dijo en voz baja—. Sé una mejor persona.

Peño asintió.

—Creo que podemos irnos.

—Sí.

De pronto, Peño estuvo de vuelta en el gimnasio, rodeado de sus compañeros. El circuito de obstáculos había desaparecido y Rolabi estaba de pie frente a ellos.

Lab dio un paso adelante y chocó los cinco con Peño.

—¿Bien, hermano?

—Todo bien, tío.

—Así que el edificio está vivo… —estaba diciendo Reggie.

Twig sonrió.

—No sé. Intentó comernos.

El equipo estalló en carcajadas.

—Twig bromeando —dijo Peño, negando con la cabeza—. ¿Qué va a ser lo siguiente?

Empezó a rimar.

El campamento casi ha acabado,
seguro que correr no ha terminado.
Conseguiremos una banderola.
Seremos campeones, nos harán la ola.
Peño quiere que lo vitoreen,
no se cansa de que lo mareen.
Buscaba rimas con «equipo»,
pero no encontraba palabras de su tipo.
El balón va por cuestas y rampas,
no es cuestión de que hagamos trampas.
No queremos perder más,
es tiempo de ganar.

Todos lanzaron vivas y rodearon a Peño, palmeándole los hombros y saltando como locos.

Rolabi recogió su maletín y caminó hacia las puertas.

—Creí que había dicho que íbamos a resolver un acertijo —gritó Rain tras él.

—Así es —dijo Rolabi—. Cada uno de vosotros resolverá uno. Y, por cierto, bienvenidos a los Badgers.

Mientras todo el mundo vitoreaba, Peño pensó en el acertijo mientras iba a cambiarse las zapatillas. ¿Qué más había? A su alrededor, los jugadores empezaron a charlar alegremente. Peño se dio cuenta de que Cash estaba hablando, y de que Twig y Reggie estaban juntos en el banquillo más alejado. Por una vez, los Badgers parecían un auténtico equipo.

Estaba impaciente por que empezase la temporada.

Mientras cada uno iba terminando de cambiarse, los jugadores se esperaron unos a otros. Peño se quedó en el banquillo hasta que su hermano acabó (para variar, Lab fue el último en estar listo). Todos se levantaron y se dirigieron a las puertas.

A Peño se le vino a la cabeza una pregunta de Rolabi: ¿cuál era el lugar en el que más miedo le daba estar? Ya sabía la respuesta: «En el último». Exactamente donde había estado: había sido el último en atrapar el globo. El lugar donde fácilmente podían dejarlo atrás.

Pero quizá Rolabi tuviera razón. El último lugar era

donde debía estar. Podía dirigir al equipo desde allí. Al fin y al cabo, alguien tenía que «empujar».

Cuando llegaron a las puertas, Rain salió el primero y sujetó la puerta abierta. Peño esperó a que salieran todos. Echó un vistazo a Fairwood, sonrió y apagó las luces.

Salió el último de todos; solo cuando estuvo seguro de que nadie quedaba atrás.

Este libro utiliza el tipo Aldus, que toma su nombre
del vanguardista impresor del Renacimiento
italiano, Aldus Manutius. Hermann Zapf
diseñó el tipo Aldus para la imprenta
Stempel en 1954, como una réplica
más ligera y elegante del
popular tipo
Palatino

***

**

*

Training Camp. El libro de Peño
se acabó de imprimir un día de verano de 2019,
en los talleres gráficos de Liberdúplex, s.l.u.
Ctra. BV-2249, km 7,4, Pol. Ind. Torrentfondo
Sant Llorenç d'Hortons (Barcelona)